集英社オレンジ文庫

ハケン飯友

僕と猫の、食べて喋って笑う日々

椹野道流

本書は書き下ろしです。

Contents

イラスト／内田美奈子

ハケン飯友
僕と猫の、食べて喋って笑う日々

一章　猫は尻尾《しっぽ》で春を呼ぶ

「よ……っと」

慎重にフライ返しを差し入れ、ホットプレートの上でジワジワと焼けていく生地を一枚、また一枚と引っ繰り返す。

薄いわりにしっかりした生地だし、一枚がせいぜい大きめの餃子《ギョーザ》の皮程度の楕円形《だえんけい》なので、扱い自体はまったく難しくない。ただ、欲張ってプレート全面にほぼ隙間《すきま》なく生地を並べているものだから、引っ繰り返すのはそこそこの緊張を伴《ともな》う作業だ。

「まあまあ、いい感じかな」

生地のたねは、水溶きにした白玉粉《しらたまこ》に砂糖と薄力粉《はくりきこ》を加えてドロリとした濃さに加減したもので、そこにほんのちょっぴり……それこそ、爪楊枝《つまようじ》の先だけにまとわせる程度の食紅《しょくべに》で、淡いピンク色に色づけした。

それを決して焦げ目をつけないよう弱火で、焼くというよりは、表面を乾かす感じに焼いていくのである。

目指すのは、桜の花のあの色。

濃すぎたり薄すぎたり、何度か失敗したものの、今回はなかなかいい塩梅《あんばい》なのではないだろうか。

「生地の表面、引っ繰り返す前からだいぶ乾いた感じだったし、そろそろいいかな」

僕はアルミの大きなバットに晒《さら》し木綿《もめん》の布巾を敷き、その上に焼けた生地を一枚ずつ、重ねないよう並べた。

基本的に、この生地はしっとりした感じに仕上げたい。とはいえ焼きたてを重ねると、湿気がこもりすぎて、むしろじっとりしてしまうだろう。粗熱《あらねつ》が取れるまでは、バラバラにしておいたほうがよさそうだ。

ペーパータオルでは水分を吸いすぎるので、こういうときは薄手の布巾に限る。

「硬さはどうだろ」

バットからまだ熱々の生地を一枚取ると、僕は指先で「あちあち」と言いつつ小さくちぎり、口に放り込んでみた。

白玉粉を使ったので想像はついていたけれど、やはりもちもちとした、大きさ、薄さのわりに食べ応えのある生地だ。

砂糖をほんの少し入れたおかげで、噛《か》んでいるうちに仄《ほの》かに感じられる程度の甘味もある。なかなか美味《おい》しいが、時間の経過と共に、これがどう変わるかが問題だ。

「冷めても、あんまり食感が重くならなきゃいいけど」

僕はまだ口をもぐもぐさせながら、ホットプレートに次のたねをレードルで注意深く流し始めた。

できる限り、同じ大きさ、同じ形で……と心がけていると、無意識に呼吸を止めてしまう。プレート全面を使って六枚分のたねを流し終え、僕はふうっと息を吐いた。

するとそのタイミングをみはからっていたように、背後から声が聞こえた。

「あら、可愛《かわい》らしい色だこと」

振り向くと、そこに立っているのは小柄な老婦人だった。

沖守静《おきもりしず》さん。

僕が今いる、この素敵な洋館の女主人であり、僕の雇い主でもある。

ターシャ・テューダーを思わせるクラシックで丈《たけ》の長いワンピースは、沖守さんのユニフォームといってもいいスタイルで、実際、彼女の上品な顔立ちによく似合っている。

植物の衣装が一面にプリントされたものが多くて、彼女は確かそれを「リバティ・プリント」とか言っていたと思うけれど、ファッションに疎《うと》い僕にはよくわからない。

とにかく、そのへんの店では見ないような、緻密《ちみつ》で素敵な柄《がら》だ。

「横になっていなくていいんですか？」

僕が訊ねると、沖守さんはバブーシュ履《ば》きの軽い足音を立てて傍に来て、僕の二の腕を軽く小突いた。

「もう、いつまでも病人扱いはやめてちょうだい、坂井《さかい》さん」

「あ、すみません。つい」

「確かに、自分が健康体なんて口が裂けても言えないし、あなたが心配してくださっているのはちゃんとわかっているのよ。実際、私は前科一犯ですものね。あんなところを見てしまったあなたが気を揉《も》むのは、無理もないことだわ」

前科一犯、と悪戯《いたずら》っぽい口調で言い、沖守さんは小さな肩を竦《すく》めた。

坂井さん、というのは僕のことだ。

僕の名前は、坂井寛生《ひろき》。

もともとは、とある小さな食品会社で仕出し弁当のメニュー開発の仕事をしていた。

でも、その会社が一昨年の年明け早々、突然の社長の夜逃げと同時に倒産し、僕は無職の身になってしまった。

祖父母の家を管理するという名目で住む場所が確保されていたことだけはラッキーだったが、それにしても降って湧いたような不運である。

そんなときに出会ったのが、沖守さんだった。

彼女の言う「前科一犯」とは何のことかというと、話は一昨年の春、僕と彼女の出会いにさかのぼる。

正確に言うと、沖守さんは、僕と出会った瞬間のことはあまり覚えていないはずだ。

何しろ彼女はそのとき、心筋梗塞《しんきんこうそく》で死にかけていたのだから。

救急車を呼び、とりあえず病院まで付き添った僕は、そこで彼女が天涯孤独《てんがいこどく》の身であることを知った。

どうにか命を取り留めたものの、しばらくは入院を余儀《よぎ》なくされた彼女をそのままにしておけず、僕は一日おきにお見舞いに通った。

それはまったくのお節介《せっかい》だったのだけれど、沖守さんは喜んでくれて、僕たちはすっかり仲良くなり……そして、僕の境遇を知った彼女は、ごくさりげなく、救いの手を差し伸べてくれた。つまり、僕の雇い主になると言ってくれたのだ。

彼女が僕にオファーした仕事は三つ。

まず一つは、毎週火曜日、彼女の病院受診に付き添うこと。

次に、月・水・金曜日に、彼女が自宅の一部を改装して開いている「茶話　山猫軒《やまねこけん》」というささやかな喫茶店《きっさてん》の店長を務めること。

そして最後に、できる範囲で、彼女の家の雑事や庭の手入れをすること。

つまりすべての仕事を合わせると、平日はほぼ毎日、彼女の家に「出勤」することになるわけだ。

ちなみに今日は火曜日。

診察と検査が午前中で終わったので、沖守さんと僕は、病院のすぐ近くの中華料理店で彼女の大好物だという五目あんかけ焼きそばと春巻き、そして青菜炒《いた》めをシェアしてランチを済ませた。

沖守さんは、こういうとき決まって「何でも好きなものを注文してちょうだい」と言ってくれるけれど、彼女は小食なので、むしろ彼女の好きなものを選んでもらい、それを二人で分け合ってちょうどいい加減なのだ。

それに、沖守さん自身は「そんなことないわよ」と謙遜《けんそん》するけれど、彼女は柔軟なこだわりのある美食家なので、お気に入りの店で好物だという料理を食べると、絶対に外れがない。

食にかかわる仕事をしている僕には、いい勉強になってありがたい。

肝腎《かんじん》の沖守さんの心臓の具合は万全とは言えないものの、彼女曰《いわ》く「やや悪《わる》で安定」しているらしい。とはいえ、やはり外出すると疲れるようで、病院から帰るとしばらく横にならなくてはならない。

僕の仕事は沖守さんを病院から連れ帰るところまでだけれど、やはり外出後の体調が心配だし、広いお屋敷なので、ハウスキーパーとしてやるべきことはいくらでもある。

沖守さんが起きてくるまで仕事をしながら待ち、ついでにパクリと頰張《ほおば》れて、疲れを癒《いや》せるようなおやつを用意しておこう……と思っていたら、おやつが完成する前に、彼女が起きてきてしまったというわけだった。

「何を作っているの？」

興味津々《しんしん》で、沖守さんは僕の手元を覗《のぞ》き込む。僕は正直に答えた。

「桜餅《さくらもち》を試作してるんです。お店のスイーツとして出せたらいいなと思って」

「あら、素敵。坂井さんがケーキやキッシュを焼くのがお上手なのは知っているけれど、和菓子もお得意なの？」

「いえ、和菓子については、洋菓子以上に素人《しろうと》ですよ。でもまだ、桜餅は比較的、ハードルが低いかなと思いまして。皮を焼くのも、作業的にはちょっとクレープっぽいですし」

「ああ、確かにそうねえ。あんこは？」

「こしあんを炊《た》くのは難しそうなので、今回は市販のもので。いくつか買ってみて、いちばん美味《おい》しいと思ったのを今日は持ってきました」

「あなたがそう感じたなら、きっと美味しいわ」

「だといいんですけど」

僕は、熱を避けて調理台の端っこに置いてあった密封容器を引き寄せ、蓋《ふた》を開けた。

スーパーや百貨店で買い集めたこしあんも十分に美味しかったけれど、駅前の和菓子屋で製造販売しているものが、いい意味での手作り感があって、僕の好みにいちばん合った。

それをスプーンで掬《すく》い取り、手でコロコロと丸めて、まだほの温かい生地に挟む。最後に塩漬けの桜の葉で生地を包めば、やや小振りな桜餅の完成である。

「召し上がりますか？　今、お茶を煎《い》れます」

「あら嬉しい。全部お任せしちゃってもいいのかしら」

「勿論《もちろん》。今日の『山猫軒』は、沖守さんの貸切ですから」

僕は笑って手を洗い、そのままの流れで鉄瓶《てつびん》に水を入れて火にかけた。

先日までは、お茶を煎れるための湯を沸かすのにやかんを使っていた。でも沖守さんが先日、「そうだわ、物置に素敵な南部《なんぶ》鉄瓶があるはずなのよ。私には持てないんだけれど」と言い出して、二人で大捜索した末に発見されたのが、今、僕が使っている大ぶりの鉄瓶だ。

なんでも沖守さんの亡きご夫君がその昔、茶道をたしなむ妻のために出張先で買い求め、大事に抱えて持ち帰ってくれた思い出の品らしい。

何故、そんな素敵なものを物置にしまい込んでしまったのかと訝《いぶか》る僕に、沖守さんは少女のようにクスクス笑ってこう説明した。

「主人でさえ、重い重いって嘆《なげ》くようなものよ？　当時の私にも重すぎて、お水を入れたら持ち上げられなかったの。たくさん水が入るほうがいい、っていうのは、男の人の考えがちなことよね」

なるほど、見事な細工《さいく》が施《ほどこ》された鉄瓶は確かによく見るものより二回りほど大きくて、水をいっぱいに張ると、僕ですら持ち上げるときに「ウッ」と声が出る。

沖守さんの華奢《きやしや》な腕には、確かに重量感がありすぎる逸品《いつぴん》だったのだろう。

「やっと、この鉄瓶で煎れたお茶を沖守さんに飲んでもらえて、ご主人も喜んでますかね」

「空の上で、きっとね。他の誰かに生まれ変わるのは、私があちらへ行くまで待ってちょうだいと言ってあるから、きっとまだかまだかって下界を覗いていると思うわ」

「まだですよ！　ご主人には申し訳ないですけど、再会はまだまだ先です！」

いささか必要以上に強い調子で言葉を返してしまい、なんだか気恥ずかしくなった僕は、慌てて戸棚《とだな》を開け、お茶っ葉を探す振りをした。

「そうねえ。あなたと猫さんに出会うまでは、いつ死んでも構わないと思っていたけど、今は、死ぬのはまだ嫌だわって思うようになったわね」

「そう思ってくださらないと困ります」

今度は努めて穏やかに、でも振り返って顔を見て返事をすると、沖守さんも僕を見て、やわらかな笑顔で頷《うなず》いてくれた。

「思いますとも。だってあなたはとても心優しい方だし、猫さんは少し風変わりなところがあって、お喋《しゃべ》りが楽しいわ」

「う」

そんなありがたい言葉……の後半部分に、僕はつい微妙な声で反応してしまう。

猫さん、というのは……。


んにゃー。

カシカシ！


絶妙なタイミングを読んだように……いや、「ように」ではなく、きっと読んだのだ。

間の抜けた猫の声に続いて、今日は閉ざされたままの「山猫軒」の扉を擦る乾いた音が聞こえてきた。

「あらっ、『噂《うわさ》をすれば影が差す』じゃなくて、これは勘違いね。あの猫さんじゃなく、本物の猫さんが来てしまったわ」

沖守さんはウキウキした口調でそう言うと、すぐに飛んでいって扉を開けた。

まるでお店の客よろしくちょこんと座っているのは、一匹の猫だ。

大きな身体《からだ》を覆《おお》うのは、灰色の毛皮である。といっても、ロシアンブルーのようにつややかではなく、もう少し毛足が長くて、少しボサボサした毛並みをしていて、長い尻尾《しっぽ》の先端がキュッとカギになっている。

なおーん。

扉を開けてくれた礼のつもりか、ご機嫌な声で一声鳴いて、猫は沖守さんの顔を見上げた。

緑とも茶色とも金色ともつかない、光の当たり具合や見る角度で色がコロコロ変わったり入り交じったりする、大きくてミステリアスな猫の目に、美しいものが大好きな沖守さんはぞっこんなのだ。猫の奴、絶対にそれを知っている。

「あらお利口さんだこと。中に入っていいか、ちゃんと私にお伺《うかが》いを立ててくれているのね。お店を開けているときは、やっぱり飲食店だから遠慮《えんりょ》してもらわなくてはいけないけれど、今日はお休みだからいいのよ。どうぞ、お入りください。でも、テーブルの上や椅《い》子《す》の上に乗るのは我慢して頂戴《ちょうだい》ね」

沖守さんは、子供……いや、いつもの彼女の言葉を借りれば「小さな紳士淑女」に対するような優しい口調でそう言い聞かせた。

猫は今度は返事をせず、いかにも「わかっていますとも」と言わんばかりに顎《あご》を反らし、尻尾をピンと立てて店の中に入ってきた。

そして、ホットプレートの前に立つ僕をチラと見やり、そのままよく日の当たる床の上にゴロンと横たわる。

勝手知ったる人の家、というのは、猫のためにある言葉かもしれない。

「あらあら、さっそく日向《ひなた》ぼっこ。可愛《かわい》いわねえ、坂井さん」

とろけそうな笑みを浮かべ、沖守さんは僕に同意を求める。しかし、僕の口からは、「は、はあ」という実に曖昧《あいまい》な返事しか出てこなかった。

沖守さんは、知らないのだ。

たまに夕食のお招きをいただいて僕と一緒にここに来る、僕の友人として沖守さんに認識されている「猫」と名乗る男と、今、目の前で長々と寝そべり、んべんべと前脚を舐《な》めている灰色の「猫」が、同一存在であることを。

おそらく、他の誰にこんな話をしても、とんだほら吹きか夢想癖《へき》のある人間だと思われるだろうが、今、僕たちの目の前にいる「猫」は、夜になると人間の姿に変身することができる。

信じられない話だけれど、本当だ。

そもそも僕と猫の出会いは、一昨年の一月にさかのぼる。

会社が倒産して突然失職したあの日、僕は近所の「叶木神社《かのうぎ》」に立ち寄り、名前も知らないご祭神《さいじん》にお願いをした。

できれば、同じ食品関係で次の仕事が見つかりますように。

そして、一人暮らしで友達もいない寂しい僕に、せめて、一緒に食事をしてくれる友達ができますように、と。

何しろ小銭の持ち合わせがなくて、無職の身でありながら千円も賽銭箱《さいせんばこ》に投入してしまったので、欲張って二つくらいお願いをしてもバチは当たるまい。そう考えたのだ。

その夜、さっそくやってきたのが、叶木神社で出会った大きな灰色の猫だった。

勝手に家に入り込んできた猫は、僕の家のテーブルの下で人間の若い男性に変身して、

「叶木神社の神様に言われて来た」と悪びれない笑顔で言った。

猫ならぬ狐につままれたような気持ちのまま、僕は猫と夕食を共にし……その夜を境に、猫は夜な夜な《よよ》人間の姿で現れる、僕の「飯友《めしとも》」になったのである。

「坂井さん、この猫さんは叶木神社に住んでるって言っていたわよね？」

僕は桜餅《さくらもち》に挟むためのあんこ玉を作りながら返事をする。

「そうですよ。境内《けいだい》に住んでいる猫です」

「神社からここまで、人間の脚ならどうということはないけれど、猫の脚ならちょっとした遠足よねえ？」

「や、そこは猫ってのは……なんていうか、けっこう健脚《けんきゃく》、みたいですよ？」

「そうなの？」

「そいつ、街をパトロールするのが日課みたいなので」

「まあ、パトロール！」

沖守さんは感心しきりで身を屈め、猫の大きな頭をクシャクシャと撫《な》でた。

「偉いわねえ。猫さんは、こんな小さな身体で私たちの街を守ってくれているのね」


なーん。


そうですともと言うように一声鳴いて、猫はグルグルと喉《のど》を鳴らして仰向《あおむ》く。顎の下を撫でろという催促《さいそく》だ。

（まったく。調子に乗ってるなあ、猫のやつ）

呆《あき》れてしまうが、沖守さんが楽しそうに相手をしているのでよしとする。

「あっ、そうだわ。昨日、色んなお料理に使おうと思って、ササミを何本か茹《ゆ》でておいたの。まだ味をつけていないから、猫さんでも大丈夫ね。少しお裾分《すそわ》けしましょう。待っててね」

そう言って、沖守さんはお屋敷の奥のほうへといそいそ去っていく。

「おい、猫。態度でかいぞ」

僕が小声で話しかけると、猫は「人間の言葉なんてわかりません」というそぶりでそっぽを向き、顔を前脚でくるくると擦った。

わからないどころか、その気になれば、猫の姿のままでも人間の言葉を喋《しゃべ》れるくせに、まったく勝手気ままな奴だ。

「まあ、沖守さんがご機嫌だからいいけどさ。でも、あんまりササミを食べ過ぎるなよ。今夜は酢豚にする予定だから」

そう言うなり、猫の三角の大きな耳がピョコンと立った。

『それは、いつわりなきマジで⁉』

いきなり、ずいぶんヘンテコな日本語が耳に飛び込んでくる。喋ったのは、もちろん猫だ。まるでフレーメン反応を示しているときのような中途半端な口の開け方をして、もごもごと器用に言葉を吐き出している。

「どこでそんな言葉覚えてくるんだよ。マジだって。昨日、スーパーで珍しく豚ヒレ肉が安かったから。パイナップルを入れるかどうかは、お前が来てから相談しようと思ってたんだけど」

『パイナップル？』

器用に右耳だけをピコピコと動かし、猫は怪訝《けげん》そうに目を細めた。

『何だって、飯のおかずにパイナップルなんて入れるんです？』

「いや、酢豚にはわりと入れ……あっ、まずい。沖守さんが戻ってきた。相談は夜に」

『おっと。……にゃーん』

猫のやつ、急にきちんと座り直すと、しおらしい鳴き声を張り上げる。

「はいはい、お待たせしました。ねえ、坂井さん。猫さんにはどのくらいあげてもいいのかしら？」

ササミを入れた小さな密封容器と素敵な小皿を手にした沖守さんは、ソワソワした様子で僕に訊ねてくる。

「ほんのひとつまみでいいと思いますよ。食べ過ぎはよくないので」

僕は猫をジロリと見てそう言った。

「ひとつまみ？　そんなに少しだけ？」

あからさまに残念そうな沖守さんに、僕は深く頷《うなず》いてみせた。

「だって、身体が小さいですからね」

「それもそうね。食べ過ぎてお腹を壊しては元も子もないし。ひとつまみ、わかったわ。待ってちょうだいね、猫さん。すぐだから」

沖守さんは密封容器の蓋《ふた》をいそいそと開け、細い指でササミを丁寧《ていねい》に解《ほぐ》すと、ずいぶん気前のいいひとつまみを小皿に盛った。

「さ、召し上がれ」

沖守さんは、僕がいつも行く庶民《しょみん》的なスーパーマーケットではなく、隣町の高級スーパーマーケットから食材を配達してもらっているので、ササミもきっと上等なはずだ。

お礼の短い一声とほぼ同時にガツガツ食べ始めた猫を苦笑いで見やり、僕はシュンシュンと湯気を噴く鉄瓶《てつびん》を火から下ろして、僕たちの「おやつ」の準備を始めた……。


その夜、午後八時過ぎ。

人間の姿で訪ねてきた猫と僕は、いつものように茶の間で夕食を摂《と》っていた。

今、丸い卓袱台《ちゃぶだい》を据えてあるこの場所には、ついこのあいだまでこたつがあった。

だが先週末、この界隈《かいわい》で桜が咲き始めたのを区切りにそのこたつを撤去《てっきょ》し、スッキリした状態にしたのである。

猫はそれが不満らしく、今夜も「もう少しばかり、こたつのままでもよかったんじゃございませんかね」と、いつもの丁寧だか何だかよくわからない妙な口調で抗議してきたが、こういうことはスパッと思いきらないとずるずるいってしまうのでよくない。

それに、こたつ布団はもうクリーニングに出した。冬まで店で預かってもらうことになっているので、もう戻しようがない。

これぞ、まさに「覆水盆《ふくすいぼん》に返《かえ》らず」というやつだ。

「うちのお祖母《ばあ》ちゃんが、よく言ってた。こたつは、思い立ったときに『えいやっ』て片付けるもんよ、って」

刻んだザーサイを猫のごはんの上に載っけてやりながら僕がそう言うと、いつものジャージ姿の猫は、座布団の上に胡座《あぐら》をかき、「そういうもんですかねえ」と首を捻《ひね》った。

「そうだよ。この家のオーナーの言葉には、従わなきゃね」

チャキチャキした祖母の声を懐かしく思い出しながら、僕はそう言った。

僕が今住んでいる小さな家には、かつて祖父母が暮らしていた。

祖父は早くに亡くなり、祖母も高齢者福祉《ふくし》施設に入って久しく、土地と家こそ今でも祖母の名義だが、彼女がここに戻ってくることはもうないだろうと思われる。

とはいえ、祖母にとっては、ここは祖父や子供たちとの思い出が詰まった、いわば心の拠り所のような場所だ。売るには忍びないが、住む人がいなければ、家はどんどん荒れ果てていく。

そんなわけで、僕の前の職場がたまたまこの家から近かったこともあり、僕が祖母の希望を受け入れ、管理人として住み込むことになった。

僕たちが使っている古い卓袱台は、生前の祖父が新聞を読んだりテレビを見たり、爪を切ったりしてくつろぐための場所だった。当時、食事はもっぱらダイニングテーブルで供《きょう》されていたけれど、今は僕も猫も、畳《たたみ》に卓袱台で食べるほうが何となく性《しょう》に合う。

「旦那《だんな》、最初に聞いたときはどうかしてると思いましたけど、酢豚にパイナップルってのは、なかなかに乙《おつ》なもんですねえ」

毛皮と同じ灰色のジャージの上下を着込んだ猫は、座布団の上に胡座をかき、フォークでざくりとパイナップルを突き刺した。

「気に入った？」

少し意外に思って訊ねてみると、猫はパイナップルをパクリと頰張《ほおば》って頷いた。

「俺っちは好きですよ。だいいち、全体的に甘酸《あまず》っぱいところに甘酸っぱいもんが入ってたって、誰も困りゃしないでしょ」

「や、そうでもない」

「そうなんでございますか？」

猫は不思議そうに首を捻った。人間の姿のときも、仕草はどこか猫っぽい。

「酢豚にパイナップルを入れる派と入れない派の溝《みぞ》はなかなかに深いよ。弁当のメニューを作る仕事をしてた頃は、主菜を酢豚にするとき、パイナップルをどうするかいつも悩みの種だった。入れると凄《すご》く怒る人もいるし、入れないと物足りない人もいる。だからたいてい、端っこに別にちょんと添えてた」

僕がそう言うと、猫は顰《しか》めっ面《つら》をした。

「へえ。人間ってのは、何かネタを見つけちゃあ揉《も》めたがる生き物ですねえ。いいじゃありませんか、パイナップルくらい。食ったら死ぬわけでもないのに」

今は神社で暮らしている猫だが、遠い昔には、人間に飼われていたことがあるらしい。

そのせいか、彼の人間を見る目は、ときどき少しばかり厳しい。

まるで自分が責められているような気がして、僕はちょっと言い訳がましく言い返した。

「確かにそうなんだけど、苦手な食材ほど、ナーヴァスに感じ取れちゃうってところがあるからさ。嫌な人は本当に嫌なんだと思うよ」

ふーん、と唸《うな》るような声を出した猫は、短く訊ねてきた。

「旦那は？」

僕は、自分の酢豚からパイナップルを箸でつまみ上げ、口に放り込んでもぐもぐしながら返事をした。

「僕はどっちでもいいけど、まあ入れたらアクセントになっていい派だな。アクセントっていうのはちょっと気取りすぎか。こう、肉、野菜、パイナップルで口直し、っていう、飽きなくていい感じのサイクルが出来上がるっていうか」

「なるほどねえ。つか、旦那にも、本当に嫌な食材ってあるんでございますか？」

「あー……」

僕はちょっと躊躇《ためら》ったが、元職場の上司ならともかく、猫になら打ち明けてもいいだろうと、それでも我ながら鈍い口調で答えた。

「生のセロリと……ナスの漬け物」

「ほ」

驚きとも呆《あき》れともつかない短過ぎる猫のリアクションに、僕は幾分キレ気味に弁解する。

「生のセロリはあの独特の香りがどうにも苦手だし、ナスの漬け物は、あの歯に当たったときのキュッキュッってする感じが無理なんだよ。誰にだって、苦手なものの一つや二つ、あるだろ！　猫はどうだか知らないけど……あるよな？」

「そうでございますねえ」

いつも以上に丁寧な口調で決まり文句の「ございますねえ」を展開して、猫は頬から飛び出したヒゲを指先で弄《いじ》りながらしばし考え、そして真顔で言った。

「味だの何だのという問題じゃあなく、あれは断然いけませんね。タマネギ」

存外まともな答えに、僕はポンと手を打つ。

「ああ！　人間の姿のときは平気で食べてるけど、猫の姿に戻ったらダメなんだよな？　食べたら死ぬんだっけ？」

「簡単に死ぬなんて言っちゃいけません。言葉には、言霊《ことだま》が宿るんですよ、旦那。でもまあ、タマネギを食った猫は、最悪死ぬって言いますよね」

「やっぱり。っていうか、タマネギが駄目なんて、お前は誰に訊いたの？」

するとと猫は、もっともらしい口調で答えた。

「テレビで、どっかの偉そうな人間が言ってましたよ。実際、俺っちがまだいたいけな子猫の頃に、ほんの一口食ってみたことがあるんです。ありゃヤバかったですね」

「食べたこと、あるんだ？」

「ありますとも。あるとき、作りかけのスープが鍋《なべ》になみなみと入ってて、それがどうにも旨《うま》そうでねえ」

「鍋のスープを?」

僕は驚いて、猫のすまし顔を見た。

猫はあまり自分の身の上を語らないが、出会ったばかりの頃、かつてはある家族の飼い猫であったという話を少ししてくれたことがある。おそらく、その「家」での出来事なのだろう。

「ああいや、俺っちは猫舌なんで、鍋から直はちょっと。あの頃お世話になってた家の奥さんが、味見しようとちょいと小皿にスープを取ったところで、ピンポーンって鳴りましてね。それを俺っちが代わりに味見して差し上げたって次第で」

僕は呆れ顔で猫にツッコミを入れる。

「いいように言うなあ。つまり、盗み食いだろ?」

「まあ、人間の言葉を借りれば、そうとも言いますかね。あれは、カボチャのスープか何かだったと思うんですけど、まあ旨かったなあ。夢中で、皿がピッカピカになるまで舐《な》め尽くしましたよ。戻ってきた奥さんに叱《しか》られて、ピャーッと逃げ出す羽目にはなりましたがね」

「で、そのスープにタマネギが入ってたわけか」

「と、奥さんが言って、えらく心配してくれました。俺っち、そのときは全然平気だったんですけど、だんだん具合が悪くなってきて」

「あーあー。どんな風に？」

「胸がムカムカするっていうんですかね、えらく気持ちが悪くて、腹も痛くて、とにかく苦しかったですよ」

「獣医さんに連れてってもらったり？」

「お医者なんて、御免被《ごめんこうむ》ります。具合が悪いのが見つかったらきっとそうなるんで、押し入れの中に隠れて我慢してました」

猫は両手両足をギュッと縮こめて、押し入れに潜む子猫時代の自分の姿を再現してみせる。まるで胎児《たいじ》のようなポーズだ。

「そんなことで治った？　ああ、いや、だからこそ今、ここにいられるんだよな」

猫は腕組みして、うんうんと子細《しさい》らしく頷《うなず》いた。

「そういうことでございますね。まあ、一日二日、そりゃもう苦しかった記憶がまだ残ってますよ。タマネギ、やばいです」

「やばいな。人間の姿のときは、本当に何ともない？」

「大丈夫ですよ。ほら」

猫は再び箸を取ると、酢豚にはたくさん入っているくし切りのタマネギを一かけつまんで、口にぽいっと放り込んだ。

「味は好き?」

猫はもぐもぐとタマネギを咀嚼《そしゃく》しながら答えた。

「生はあんまり。けど、火を通すと甘くなって旨いですよね。くったくたに煮込まれたタマネギも、このちょっとシャキシャキしたタマネギも、俺っちは好きですよ」

「そりゃよかったよ。人間の姿のときに、いっぱい食べておくといい」

「俺っち、タマネギは勿論《もちろん》好きですけど、肉のほうがもっと好きなんですよ。何しろ猫は肉食なんで」

「それもそっか。まあ、何にせよ、たくさん食べてよ。二人分にしては作りすぎたから。昼間も言ったけど、豚ヒレ肉が特売だったから、張り切って大きな塊《かたまり》を買っちゃったんだよね。そうしたら、肉とバランスを取るために野菜もたくさん使わなきゃいけなくなって、自然と大量の酢豚ができちゃった」

「ああ、俺っち、そういうの何て言うか知ってますよ。『安物買いの銭《ぜに》失い』ってんでしょ?」

とぼけた顔つきで猫がそんなことを言うので、僕は思わず噴き出した。

「ほんとに、いったい誰から教わるんだよ、そんなことわざ。ちょっと意味合いが違う気がするけど、結果的にはそういうことになるのかな。いや、そんなことはないな。美味《おい》しいものがたくさんできたわけだから、損ってことはないよ」

「それもそうか。じゃあ旦那《だんな》、俺っちもたくさん食いますけど、オコモリさんにお裾分《すそわ》けしちゃ如何《いかが》です？　明日も行くんでしょ」

「明日は、『山猫軒』の営業日だからね。そりゃ行くさ。でも」

僕は自分の皿を見下ろし、ちょっと躊躇《ためら》う。猫は不思議そうに首を捻《ひね》った。

「でも、何です？」

「沖守さんはグルメだからさ。僕が作った酢豚なんて、むしろ迷惑じゃないかと思って」

それは謙遜《けんそん》でも自虐《じぎゃく》でもなく、まったくの本心だったのだが、猫は世界一くだらない冗談を聞かされたような顔でへへっと笑って、鼻の下を擦った。

「またまたぁ。だって旦那、オコモリさんちのあの店で出す食い物、全部作ってるんじゃありませんか。毎度、オコモリさんに作ったもんを試食してもらってるんでしょ？」

「そりゃそうだけど、プライベートで作った料理はまた別だよ」

「そういうもんですかねえ」

「そういうもんなの。でもまあ、沖守さんも、ひとりのときに揚《あ》げ物はあんまりしないようにしてるって言ってたから、酢豚は作らないかも」

「かも！」

「うん、少し持っていってみよう。好きじゃないって言われたら、僕がお昼に食べればいいだけのことだしね」

「パイナップルも入れときましょう。オコモリさん、きっと好きな気がしますよ」

「それはどうだかわからないけど、まあ、上に載っけておくよ。すぐ取り除けられるように」

「旦那は気遣いの人ですねえ」

「一応、不特定多数の人が食べるお弁当のメニュー開発をやってた人間だからね！」

僕のそんな言葉に、猫はわかっているのかいないのか、いかにも思慮《しりょ》深そうな面持《おもも》ちで

「なるほど～」と言い、猫の姿に戻ったときは決して味わえないタマネギを再び口に放り込んで、しゃくしゃくといい音を立てて咀嚼した……。

「そんじゃ、俺っちはそろそろ」

夕食後、しばらくテレビを見たりお喋《しゃべ》りをしたりしてくつろいだあと、猫はいつもそんな言葉を発して腰を上げる。

どうせ一軒家に一人暮らしなのだから、僕としては猫に泊まっていってもらっても構わ

ないのだが、猫は必ず叶木神社に戻る。

叶木神社には現在、常駐する宮司《ぐうじ》はいない。たまに他の神社から神職が出張してきて、色々な神事を行ったり、小さなお社《やしろ》を管理したりしているだけだ。

夜は無人なので、猫はねぐらの家賃代わりに叶木神社の夜警を務めているらしい。

彼が人間の姿でいるのは僕と一緒にいるとき、つまり僕の「飯友」でいるときだけなので、神社では当然、猫の姿だ。

それでは賽銭《さいせん》泥棒には太刀《たち》打《う》ちできないだろうと以前からかったら、猫は存外真面目《まじめ》な顔つきで、こう言い返してきた。

「何を言うんですか、旦那。夜の神社は真っ暗ですよ。闇の中から俺っちが一声、本気で鳴いてやりゃあ、どんな豪傑《ごうけつ》だってビビって逃げ出しますって」

とはいえ、実際はそんな不審者に出くわしたことがまだないらしいので、真偽の程は明らかではない。そもそもそんな物騒な目に遭《あ》わないほうがいいに決まっている。

「いつも言うことだけど、短い道のりでも気をつけて」

「はいはい。旦那こそ、俺っちが出てった後、すぐ戸締まりしてくださいよ」

「わかってるよ。じゃ、また明日」

「はい、また明日。ごちそうさんでした」

猫はちょっと猫背《ねこぜ》ぎみに（猫だけに！）、ひょいひょいと茶の間を出ていく。

たぶん、外に出てほどなく、彼は猫の姿に戻るのだろう。でも、その変身する瞬間を、彼は僕にあまり見られたくないらしい。

そういえば、初めて出会った夜も、猫から人間に変身するとき、彼はわざわざダイニングテーブルの下に潜ったたっけ……と懐かしく思いつつ、僕は玄関の扉が開閉する音を聞いてから立ち上がった。

猫が来るようになって最初の頃は、いちいち玄関扉を開けて外を見たものだ。

でももう、そんなことをしても、猫の姿はもう僕の視界にはいないとわかってるので、彼に言われたとおり、しっかりと施錠《せじょう》するだけだ。

「さてと、風呂にお湯を溜めるかな」

毎晩、二人で他愛《たわい》ないお喋りをしながら夕食を摂《と》るので、猫が帰ってしまうと、急にしんとなった家の中に、しばらくは馴染《なじ》めなくなる。

つい、くだらないことでもわざわざ声に出してしまうのは、静けさがもたらす居心地の悪さをどうにか緩和《かんわ》したいからだ。誰も聞く人がいないのに、つい独り言が口をついて出てしまう。

「あ、そうだ。そろそろ今月も……」

口の中でモゴモゴと呟《つぶや》きながら、僕は夜になるとぐっと肌寒くなる薄暗い廊下《ろうか》を、浴室に向かって歩いていった。

翌日の夕方、五時半すぎ。

沖守邸の一階で週に三日だけ営業する「茶話　山猫軒」で店長としての仕事を終えた僕は、まっすぐ帰宅せず、最寄り駅の方角に少しばかり足を伸ばして、叶木神社にやってきた。

駅前通りから、小さな鳥居を潜《くぐ》って参道に踏み込むなり、あたりがぐっと暗くなる。

暮れどきのオレンジ色の光が、参道の両側に生い茂るジャングルのような木立に遮《さえぎ》られてしまうからだ。

神社に参詣《さんけい》する人など想定していないのだろう。ここに夜どおし灯りがついているのは、おそらく年末年始くらいのものだ。

最初の頃は、この鬱蒼《うっそう》とした木立が作る暗がりが怖くて仕方がなかったが、今はもう慣れてしまった。

なにより、猫の住《す》み処《か》、彼の言葉を借りれば「俺っちが守っているお社」だと思うと、怖がる気にもならない。

参道を抜けると、再び視界が夕日のオレンジ色に染まり、小さな拝殿《はいでん》が目の前に現れる。

もうすっかりお馴染みの光景だ。

拝殿の回廊《かいろう》や階段で寝ていることが多い猫と会えるかと思ったが、街のパトロールに出ているのか、姿が見えなかった。

まあ、どのみち夜には我が家にやってくるので、今、ここで会えなくてもさほど残念ではない。

「さて」

自分で蛇口《じゃぐち》を捻《ひね》るタイプの手水舎《ちょうずや》でサッと手を清めた僕は、拝殿の前に立ち、カーゴパンツのポケットにあらかじめ畳《たた》んで入れておいた千円札を取り出して、賽銭箱にそっと入れた。

今にも紐がちぎれそうな鈴には触れず、二度、小さく柏手《かしわで》を打って、目を閉じ、頭を下げる。

(猫をうちに寄越してくださって、本当にありがとうございます。お蔭様《かげさま》で、凄《すご》く楽しいです。これからも、よろしくお願い致します！)

さすがに声には出さず、僕は心の中でご祭神にお礼とお願いをした。

厳密にいつとは決めていないものの、僕は毎月一回、叶木神社にこうして千円を納めることにしている。

世間的には大した金額でなくても、アルバイトで生計を立てている僕にとっては精いっぱいの感謝の気持ちだ。

(さて、帰るか。夕飯、何にするかな。昨日は酢豚で奮発しちゃったから、今日は節約で。確か、冷蔵庫にフランクフルトがあったから、あれをじゃーんと炒《いた》めるか!)

そんなことを考えながら目を開け、頭を上げた僕は、くるりと踵《きびす》を返し……そして、驚きの声を上げた。

「うわッ!」

いつの間にか、背後、しかもかなり近いところに人が立っていたのだ。

しかも、それは、ここでときおり見かける、散歩がてら参拝に来ている年配の人ではなく、まだそれなりに若い男性だった。

おまけに彼は、和服……いや、いわゆる白い着物に水色の袴《はかま》というよくある神職の装《よそお》いをして、シュロの箒《ほうき》を持っている。

「ああ、すいません。熱心にお参りしていただいてたんで、是非《ぜひ》ご挨拶《あいさつ》をって思うたんですけど、張り切って近くで待機しすぎましたね」

軽く関西の言葉が交じった口調でそう言って、男性は一歩下がって箒をそっと地面に置き、やわらかな笑顔で軽く一礼した。

「改めまして、ようこそお参りくださいました」

間違いない。そう言ったということは、彼は少なくとも、この神社の関係者だ。

ようやく我に返った僕は、慌ててお辞儀《じぎ》を返した。

「どうも！　お世話になってます。あの、じゃあ、この神社の……あれ？　ここ、宮司《ぐうじ》さんはいないいって」

戸惑う僕をよそに、男性は笑顔のままで答えた。

「いなかった、です。つい最近、こちらに参りました。猪田尚人《いのだなおと》と申します」

「いのだ、さん？」

「はい。猪突猛進《ちょとつもうしん》の猪に田んぼの田です」

まったく猪とは縁遠い、むしろ鹿のような穏和な顔立ちの男性は、いっそう笑みを深くする。

宮司にふさわしい髪型がどんなものか僕にはわからないが、目の前の男性……猪田さんの髪は全体的にかなり短く、特にサイドは気持ちがいいほど刈り込んであるため、やや面《おも》長《なが》な顔がよけいに強調されている。

フレームレスの眼鏡《めがね》も手伝って、神職というよりは、インテリジェントなスポーツマンといった雰囲気《ふんいき》だ。

どこかで会ったような気がするけれど、それは猪田さんの顔立ちがスッキリしていて、大きな特徴がないからだろう。

「宮司さん、なんですか？」

「はい。新米宮司ですけど」

僕の質問に簡潔に答えて、猪田さんは目を細め、夕日に染まる拝殿を懐かしそうに見た。

「祖父が元はここの宮司だったんですが、子供が誰も跡を継がんかったんですよ。祖父が死んだ後は、近隣の神社の宮司さんに兼任でお世話をお願いしていたんですが、さすがにいつまでもっちゅうわけにもね。それで、孫の自分が継ぐことになりまして」

「なるほど。あ、すみません。はじめまして、僕は」

相手にだけ名乗らせて話をしていたことに気づき、僕は自己紹介しようとした。だが、猪田さんはやわらかくそれを遮る。

「はじめまして、やないですよね。坂井さん」

「えっ⁉」

初対面ではないとは、いったいどういう……。それに、どうして猪田さんは、僕の名前を知っているのだろう。

目を白黒させる僕に、猪田さんは「参ったな」と言いたげにしっかりした眉尻《まゆじり》を下げ、袂《たもと》から手ぬぐいを取り出した。そしてそれを広げ、頭部から額にかけて覆《おお》ってみせる。

「これで、どうです?」

「……あー!」

我ながら、テレビ番組でひな壇《だん》に並ぶお笑い芸人なみの大声が出てしまった。

頭の中で、目の前の神職姿の猪田さんと、僕が知る、まったく違う装いの猪田さんの姿がようやく重なる。

「すみません、僕、顔を覚えるのがあんまり得意じゃなくて。あの、もしかして、パン」

僕が「パン」と言った瞬間、猪田さんは頭から手ぬぐいを取り去り、クシャッと笑った。

「はい。どうも、『パン屋サングリエ』の猪田です。そちらのほうでは、ちょっと前からお世話になっとうですよね」

「ああ……!」

僕は首がもげるほど勢いよく何度も頷《うなず》く。

駅前のいつも行くスーパーマーケットの近くに、三ヶ月ほど前、新しいパン屋ができた。それが「パン屋サングリエ」だ。

もともとは書店だった小さな一戸建てをそのまま使っているので、売り物のパンが置かれているのは、かつて本が並んでいた本棚《ほんだな》という風変わりな店だ。

しかも、一般的なパン屋のように、さまざまなパンがいっぺんに揃うことはない。いつ行っても、店頭にあるのは二、三種類。しかも、その取り合わせが毎回違う。「食パン、パン・ド・カンパーニュ、カレーパン」のこともあれば、「コッペパン、あんパン」のこともあり、「ブリオッシュ、ベーコンエピ、カヌレ」のこともある。

どうやら、いつも奥で黙々と作業をしている店主がひとりでパン作りと接客を担当しているので、焼けた順に少しずつ店に並べる方式しかとれないようだ。

どれを買ってもしみじみと美味《おい》しいので、「山猫軒」のランチにも使いたいと思ったものの、こうも品物が一定しないのではメニューの立てようがない。

思いあまって、他に客が誰もいないタイミングに乗じて店主に声を掛けたのは、先月のことだった。

「すいません、使いにくい店で。えっと、そやな。三日くらい前に予約してもろたら、食パンでもバゲットでも、まとまった数を焼いときますよ。言うても、十本以内で勘弁してほしいんですけど。オーブンが小さいもんで」

笑顔で請け合ってくれた店主の親切に甘えて、これまで二度、食パンを予約して用意してもらい、ランチにサンドイッチを作って出した。沖守さんにもお客さんにも好評で、

「いいお店を見つけたわね」なんて褒められて、僕もささやかに鼻が高かったものだ。

「そうだ、言われてみれば、お店で接客してくれたあの人、猪田さんだった！」

僕の素朴《そぼく》過ぎる発言に、猪田さんはクスクス笑って箸を再び取り上げた。

「そうなんです。服装が違いすぎて、わからへんですよね」

「確かに。パン屋さんでは、ジーンズとTシャツですもんね」

「パン屋の厨房《ちゅうぼう》は、通年あっついですからね！　オーブンがフル活動するんで。そやから、頭も包んどかんと汗だくで」

「なるほど！」

納得すると、気持ちも落ちつく。

僕はしげしげと猪田さんの全身を見直した。どこから見ても、立派な神職の佇《たたず》まいだ。パン職人の装いと同じくらい、さまになっている。

「でも、パン屋さんと神職を兼業って……」

「珍しくもないですよ。今どき、神職だけじゃなかなか食われへんですからね。自分の場合は、パン屋の修業が先、神職は後。そやから、まだ新米宮司です」

「そういうもんなんですね。どの仕事も大変だなあ」

「そうそう。どの仕事も大変です。うちの祖父も、本屋と兼業でした」

「本屋さん？　あ、もしかして！　お店！」

「そうそう。今、自分のパン屋があるとこ、昔は祖父母がやってた本屋やったんです。自分は神戸《こうべ》で生まれ育ったんですけど、こっちに帰省《きせい》すると、店の本を何冊も貰えて、嬉しかったなあ。その思い出があるんで、本棚を捨てられれんで、今、パン置いてます」

「それで！　僕も子供の頃、祖父母の家に遊びに来ると、あの本屋さんに連れてってもらいましたよ。本を読んでいると静かで大人しい子だからって、いつも必ず一冊買ってもらえました」

色々な情報が気持ちがいいくらいカチカチと繋《つな》がって、僕は手を叩いて声を弾ませる。

「へえ。自分と坂井さん、たぶん歳《とし》が近そうやし、もしかしたら同時に店内にいたことも……いや、さすがにそらないか」

「たぶんないとは思いますけど、ニアミスくらいは」

「あったかもしれんですよね！」

僕たちは顔を見合わせ、小さな声を立てて笑った。

同じ書店に共に出入りしていた小さな僕らの姿を思い浮かべただけで、猪田さんとの距離がぐっと近づいた気がする。

きっと彼のほうもそうだったのだろう。さっきよりも一段階砕けた表情で、猪田さんは自分の装束《しょうぞく》を見下ろした。

「まあ、最近はやっと、この格好も馴染《なじ》んできたかなあと。パン屋のほうもまだ開店して半年も経ってないですし、両方バッタバタで至らんのですけど、パン屋の仕事の合間にこうして通ってきて、ちょっとずつ手ぇ入れていこうと思うんで、よろしくお願いします」

「こちらこそ！　じゃあ今日はパン屋さんの仕事はもう？」

「上がりました。うち、売れ切れじまいなんで、早いときは昼過ぎに終わります」

「シャッターが下りてるときは、そういうときなんですね」

「そうそう。売り切れるほど仕込むっちゅうんもおかしな話やし、かと言うて、パン生地はすぐ用意できるようなもんでもないですしね」

「発酵《はっこう》に時間がかかりますもんね」

「そうなんですよ。そやから、用意した生地を焼いてしもたら、その日の作業は終わり。売り切ったら店閉めて、翌日の仕込みをして、こっちに来てます」

「大忙しだ」

「まあ、好きでやっとう仕事ですしね。忙しいのは大歓迎ですわ。そんで、坂井さんは？食パンのご予約いただいたときに、お店で使うて言うてはりましたよね。あれは……」

「あ、それは！」

僕は手短に、自分の前職と「茶話　山猫軒」のことを話した。興味深そうに耳を傾けてくれていた猪田さんは、「はー」と溜めに溜めた相づちを最後に一つだけ打った。

「そういうアレやったんですね。『山猫軒』は噂《うわさ》だけ伺《うかが》ってるんですけど、いつか行かしてください」

「是非《ぜひ》！　お店と神社のお仕事があるし、『山猫軒』は週三営業なんでハードルが高いかもですけど」

「いやいや、ハードルは越えるためにあるんで、是非とも。おっ」

とても頼もしい言葉を口にしたあと、猪田さんは視線を僕から拝殿《はいでん》に向けた。彼の視線を追うと、拝殿の階段の真ん中あたりに、いつの間にか猫が座っている。

僕たちを無視して、熱心に顔を洗うその仕草に、僕は思わず苦笑いした。猪田さんも、微苦笑で猫を眺める。

「祖父、いや、曽祖父、その前の時代から、この神社には必ず猫がおるんです。今はどうやろか、長らく宮司《ぐうじ》のおらん神社には、もう猫もおらんやろかと不安になりながら来たら、あいつがいてくれて。なんや、ホッとしました」

ご祭神にお仕えする猫らしいですよ、と僕が説明するのも変なので頷いて聞いていると、猪田さんは懐かしそうに目を細めた。

「自分が子どもの頃も、毛並みがよう似た猫がおりました。子供、いや孫、ひ孫……もっと子孫かもしれんですね。あんまり大っぴらに可愛《かわい》がって、ここが捨て猫スポットになっても色々困るんで、神様におことわりを入れて、拝殿の中に寝床とトイレを設置しました」

「ああ！　それはいいですね」

僕としても、神社における猫の生活環境が整備されることは嬉しい。

つい明るい声を上げてしまったのを、猪田さんは、僕が「大の猫好き」であると理解した様子だった。

「ここにお参りくださる皆さんに、猫を可愛がってもらえて、ありがたい限りです。坂井さんも、よろしくお願いします。ああ、長々お引き留めしてすいません。お忙しい時間帯に」

「いえ！　こちらこそ。また、パン屋さんのほうにも伺います」

「どうぞ。あんましパンのないパン屋ですけど、僕でよろしければ必ずいますんで」

そんなとぼけた文句で会話を締め括《くく》り、猪田さんは境内《けいだい》の掃除《そうじ》を再開する。

僕も彼に一礼し、猫に「あとで」という視線をチラと投げかけて、家に帰ることにしたのだった。

「おっ、夜店の匂《にお》いがしますね。どうも、さっきぶりです、旦那《だんな》」

「わっ」

すぐ耳元で声がして、僕は反射的に軽くのけぞった。

いったいいつ来たものか、お馴染みの灰色ジャージに身を包んだ人間の姿の猫が、鼻をふんふんさせながら僕の横に立っている。

「さすが猫、気配を殺すのが上手《うま》い……じゃなくて、いつも言ってるだろ。ビックリするから、声をかけてから近づいてくれって」

だが猫は、まったく悪びれずニヤニヤして、両手をジャージのポケットに軽く差し入れた。自然と、しなやかな上半身が軽く前屈みになる。

「旦那が鈍いんですよ。まずそっちを反省してもらわないと」

「ええー？　僕は人並み……よりちょっと下かもしれないけど、そこまで鈍感じゃないよ。っていうか、油が跳ねるかもしれないから、マジであんまり近づかないで」

「おっと。今日の晩飯は何です？」

「夜店っぽいって言われたら、そうかも。フランクフルトを皮がぱりっとするまで焼いて、さっと炒《いた》めたキャベツとしめじの上にのっけてワシワシ食べようと思ってる」

「フランクフルト！　それですよ。正月だけお社《やしろ》に出るちんまい出店から、いつだってこのいい匂いがするんだ。それなのに、俺っちの口にはひとかけらのお裾分《すそわ》けも入りゃしねえ。人間たちはケチですよね」

猫はいかにも不満そうに口を尖らせる。

「そりゃ、人の姿のときはともかく、猫のときは食べちゃ駄目だろ、こんな塩気のあるもの。くれない人ばっかりでよかったよ」

僕は苦笑いしながら、菜箸《さいばし》でフライパンの上のフランクフルトをクルクルと引っ繰り返した。

あらかじめ全体に深い切れ込みを入れまくっておいたので、そこからしみ出したみずからの油で、フランクフルトの皮はきつね色にパリッと焼けつつある。

肉汁が漏《も》れ出すのが勿体《もったい》ないから切れ込みは入れない主義の人もいるけれど、僕は焼くときは絶対に入れたい派だ。焼けて開いた切れ目から適度に油が落ちて食べやすくなるし、中身にも焼き目がついて香ばしさが増す。

じゅうじゅう焼けたフランクフルトを眺め、猫は舌なめずりした。

「いやあ、俺っち、旦那の飯友になってよかったですよ！　お社の神様のおかげで、この姿のときは何でも食えますもん。ついにあの、いい匂いの細なが〜い肉が俺っちのものに！」

「露店のフランクフルトほど、これは細長くないけどね。どっちかっていうとずんぐりむっくりだけど、味はほぼ同じだと思うよ。こんなの、リクエストしてくれたらもっと早く出したのに。あ、そこの皿取って」

「かしこまり！」

もうすっかり慣れっこの様子で、猫は調理台の端っこに並べてあった皿を二枚、両手に一枚ずつ持ってくる。

先に炒めた野菜を盛りつけておいた皿に、僕はこんがり焼けたフランクフルトを三本ずつ並べた。

あとは、この前、八宝菜《はっぽうさい》を作ったときに使い残した白菜と、小さなサツマイモを輪切りにして放り込んだ味噌汁、それに炊《た》きたてごはんで夕飯の出来上がりだ。

漬け物が切れているので、今日はあさりの佃煮《つくだに》をごはんの上に振りかけておく。

いつものように卓袱台《ちゃぶだい》に皿を並べ、僕たちはほぼ同時に「いただきます」と挨拶をして、箸を取った。

「うま！　これ、焼いただけでこんなに旨《うま》いんですか。信じられねえな。そりゃ、初詣《はつもうで》のついでに買って食っちゃいますね」

待望のフランクフルトを慎重に、しかしセカセカと吹き冷まして頬張《ほおば》り、猫は歓声を上げた。箸使いがだいぶ上手になった猫だが、こういう気が急《せ》くときは未だにフォーク愛用だ。

「気に入った？　ケチャップとマスタードもよかったら」

「何もつけなくてもとびきり旨いですよ！　参ったなこりゃ」

猫のやつ、文字どおりの大喜びだ。

僕が一から作るおかずに、猫がそこまでテンションを上げることはそう多くない。若干《じゃっかん》ガッカリしながらも、彼が長年食べたがっていたものだと思えば、この喜びようを理解してやらねばなるまいとも思う。

「実際、焼いただけで旨いんだよね。僕も、子供の頃から大好きだよ」

力なく応じてからフランクフルトを齧《かじ》ると、まだまだ中にたっぷり詰まっていた肉汁が、口の中に流れ込んでくる。ちょっとジャンクな塩と軽いスパイスの味が、何とも懐かしい。

「旦那は、あの夜店で買い食いしたクチですか？」

「いや、うちの親は、露店の買い食いは基本的に許さないタイプだったから、家で母親が焼いてくれた奴しか知らない。輪切りにしてもっとよく焼いたのが、よく弁当に入ってたな」

「いいっすね！　旦那、俺っち、これ月イチくらいで食いたいです」

「いいよ、僕も楽できる献立《こんだて》だし。それよりさ、猫」

「はい？」

幸せそうにフランクフルトを平らげる猫に、僕は軽い憤《いきどお》りを込めて言った。

「猪田さんが新しい宮司《ぐうじ》になったこと、なんで教えてくれなかったんだよ」

すると猫は、軽く口を尖らせて即座に言い返してくる。

「旦那こそ、あいつと知り合いだなんて、俺っちに教えてくれなかったでしょうが。水くさいなあ」

「それは、僕だって今日会って話すまで知らなかったんだから、しょうがないだろ」

「まあ、それもそっか」

猫は、フランクフルトの下にたっぷり敷いたキャベツとしめじの塩胡椒炒《しおこしょう》めに、うにうにとマヨネーズを絞《しぼ》りながら、若干の弁解口調で言った。

「ほら、アレですよ。あのちっこかった人間がいっちょ前の大きさになって戻ってきたのはいいけど、ホントにやれんのかねって疑ってたところはあります。だから、旦那にすぐ言わなかったんですよ」

「……あっという間に投げ出すかもって思った、とか？」

「思いましたとも」

猫はふひひ、と変な笑い方をして、頬から飛び出した長い髭《ひげ》を指先でつつっと撫《な》でた。

「あいつ、ちっこい頃は虫が駄目でね。境内の枝からぶらーりぶらりと揺れてる毛虫一匹で泣き叫んでたもんですよ。そんな奴が宮司だなんて、ねえ。そういや俺っち、まだあいつの焼いたパンを旦那にゴチになってねえな。ですよね？」

「あ、うん。そうだな。晩ごはんにパンを出す機会ってあんまりなかったからさ。今度、サンドイッチでもしようか」

「しましょう！」

アーモンド型の目をらんらんと輝かせる猫の顔は、僕より年下……パッと見、せいぜい二十歳《はたち》くらいにしか見えない。でも、光の当たり具合によって複雑に色を変える、瞳孔《どうこう》が縦に開く両目だけは、どこか長い歳《とし》を経た生き物独特の落ち着きと、不可思議な陰を感じさせる。

僕は躊躇《ためら》いがちに、話を掘り下げてみた。

「そういう話からすると、やっぱり、さっき猪田さんが言ってた、『子供時代に神社にいたお前に似た猫』っていうのは……」

すると猫は、こともなげに断言した。

「似た猫なんかじゃねえです。正真正銘《しょうしんしょうめい》、俺っちですよ」

「やっぱり！　何となくそんな気がしてた。前にお前の話を聞いたとき、子猫の頃は人間の家に飼われてたって話をしてくれたよね。あれって、実はずいぶん昔?」

「まあね」

「だって、猪田さんのちっちゃい頃を知ってるんだもんな。それって、昔の飼い主一家が夜逃げをした後のことだろ?」

猫はすぐに答えようとはせず、三本目のフランクフルトを口に入れ、まだ物欲しげに僕の皿を眺めながら頷《うなず》く。やむなく僕は、残っていた一本を彼の皿に入れて、視線で返答を促した。

「そのとおりっすね。あの人たちがいなくなって、住むところも飯をくれる人も消えて、まあ、色々あって、ボロ雑巾みたいになってたどり着いたのが、叶木神社だったんです。そこで神さんの使いっ走りになって、今までずっと」

「何十年も?」

「そうそう。神社もボロですけど、住み心地は悪くねえですからね。お参りに来る人たちも、俺っちに優しくしてくれるし」

「それはよかった……。その、僕は猫を飼ったことがないからわからないけど、猫って、そんなに長く生きるもの?」

僕の躊躇いがちな問いかけに、四本目のフランクフルトを平らげて、ティッシュペーパーでゴシゴシと口元を拭《ぬぐ》いながら、猫はやはり常識を語るような口調で言った。

「神さんの使いっ走りになると、ただの猫じゃなくなるんですよ。うんと長く生きられるっぽいし、こんな風に人間に姿を変えられるようにしてもらえたりもする。まさか旦那《だんな》、どんな猫でも俺っちみたいだと思ってたわけじゃないでございましょ？」

大袈裟《おおげさ》に両手を広げてみせる猫の姿に、僕は力なく頭を振った。

「そりゃそうだよね。お前が特別な猫だってことはわかってる。叶木神社のご祭神のおかげだってことも。じゃあ、さ」

「はい？」

「神様のお使い猫って……定年とか、あるの？」

「ていねん？」

「仕事を辞めなきゃいけない年齢のこと」

意味がわからないと言いたげに、猫は小首を傾《かし》げた。

「人間にはそんなのがあるんですか？」

「まあ、多くの仕事にはあるね」

「なんで？」

「なんでって……」

「仕事ができなくなる歳《とし》なんて、人それぞれでしょうに。三歳で死ぬ人間がいれば、百歳過ぎても元気な人間もいるんだし。なのにテーネン？　とか意味わかんねえですね」

猫はときどき、返す言葉もないほどのド正論を口にして、世間の決まりを当たり前のように受け入れて生きてきた僕を閉口させる。これもそうだ。

「それは、そうなんだけど。でもまあ、とにかくあるんだよ。そのリアクションからして、神社の猫には定年がないんだね？」

「ねえですね。神さんにクビにされるか、俺っちが神社の猫に飽きるか、どっちかでしょ」

「神社の猫を辞めたとして、その後はどうなるの？」

猫はどうでもよさそうに肩を竦《すく》めた。

「さあね。けどまあ今んとこ、俺っち神社の猫の仕事を楽しんでますし、旦那の飯友をやるのも好きだし、よく働くんで神さんにも可愛《かわい》がっていただいてますよ」

「そっか……。猫は、先のこととか、不安にならない？」

「別に？　旦那だって、自分の老後なんて心配しないでしょ？」

「するよ！」

つい、自分でも驚くほど強い口調で僕はそう言ってしまった。猫は、軽くのけぞって目をまん丸にする。その表情は、猫のときの彼と驚くほど似ている。

「するんですか？　したってしょうがないでしょうに。どんな死に方するかなんて考えたってわかるわけねえし、誰だって、死ぬときゃどうしたって死ぬんだから」

「それでも、僕はウジウジした人間だから、そんな風に簡単には割りきれないよ。このまま独身で、ろくな稼《かせ》ぎもなくて、いつか祖母が死んでこの家も出ていかなきゃいけなくなって……って思うと、時々『ワーッ！』って叫びながら走り回りそうになる」

猫は不気味な生き物を見るような奇妙な顔つきで、僕をつくづくと見た。

「俺っちはそういう旦那を見たことはないですけど、気持ち悪いですよ、きっと」

「我ながらそう思うし、焦ったって不安がったって意味がないのもわかってるけど、そうせずにはいられないんだよ。ひとりぼっちで死ぬのも怖いしね」

するとと猫は、あっさりと言った。

「ああ、それだけは俺っちがどうにかしてあげられるかもですね」

「えっ？」

「神さんが俺っちをクビにしなくて、俺っちが神社の猫でいることに飽きなくて、旦那が俺っちに旨《うま》い飯を食わせ続けてくれりゃ、ですけど。俺っち、旦那を看取《みと》ってあげますよ」

「猫が？　僕を看取る？」

「そんなにビックリしなくても、横で見てりゃいいだけでしょ？　できますよ、俺っち、優秀な猫だから」

いとも簡単そうにそう言い切られて、しばらく呆気《あっけ》に取られていた僕は、自分でも不思議なくらい可笑《おか》しくなってしまった。

猫にそんな風に言われると、「看取り」なんて大変なはずのことが、とても単純な、ごく自然なことに思えて、胸の底に常にある不安と恐怖がふっと薄らぐ気さえする。

「猫なら、本当にそうしてくれそうな気がする」

「ま、そん時にならなきゃわかんねえですけど、一応、予約入れときます?」

「そうだなあ。真面目《まじめ》に考えとく」

「真面目じゃなくても別にいいですけどね。そもそも、旦那にもオコモリさんにも長生きしてもらわなきゃ。俺っち、まだまだ食ったことがない人間の食い物がありますから!」

そもそもフランクフルトはたった四本じゃ足りない、とブツクサ文句を言う猫を見ていると、心が緩《ゆる》く解《ほど》けていくのがわかる。

近い将来に対する不安も、遠い将来に対する恐れも、そう簡単に消えはしないけれど、猫はいつも、今を楽しむことをさりげなく教えてくれる。

「フランクフルトは今日はもうないけど」

これ以上奪われたらたまったものではないので、僕は自分のフランクフルトの最後の一口を大急ぎで口に押し込んでから言った。

「デザートに桜餅《さくらもち》があるよ。僕が作ったヘタクソな奴じゃなくて、和菓子屋さんで買った関西風の道明寺粉《どうみようじこ》のが。縁側に出たら、お隣の桜がよく見えるからさ。夜桜見物しながら食べようよ」

そんな提案が気に入ったらしい。猫は、今は肉球ならぬ、でも柔らかそうな、ふっくらした手のひらをパンと打った。

「いいですね、夜桜！　俺っちも、桜は好きですよ」

「猫も花見をするの？」

「しますします。ヒラヒラーっと落ちてくる花びらを、ぱーん！　ぱーん！　とパンチすんのが面白いんですよね！」

「それは花見じゃない……！」

ボクサーさながらの素早いパンチを繰り出して見せる猫に、僕は呆《あき》れて笑い出す。

先のことはわからなくても、今夜は横に猫がいて、お隣の家ではソメイヨシノがほぼ満開で、それを見ながら一緒に食べる桜餅は、きっと凄《すご》く美味《おい》しい。

今はそれを心の栄養にして、また明日、ささやかな一日を頑張ろう。

珍しくそんな前向きな気持ちと共に、僕たちの春の夜は更けていった。

二章

人も猫も、夏は平たく長くなる

少しガタゴトしながら古い自動ドアが開くと、涼しい空気が全身を包んでくれる。

思わず喜びの声を小さく上げながら、僕は駅前の小さなベーカリー、「パン屋サングリエ」に入った。

細長い店内は、余計な装飾のない、よく言えばシンプル、正直に言えばかなり質素な設《しつら》えである。

壁の両側に置かれた本棚《ほんだな》は、かつてここが老夫婦が営《いとな》む書店だった名残《なごり》だ。今はそこに、たいていは三種類、少ないときは二種類のパンがゆったりと並べられている。

店内に他の客の姿がなかったので、僕は店の奥に向かって、「こんにちは！」と声を掛けた。

「あっ、坂井《さかい》さん。どうも」

すぐに、頭部をすっぽり手ぬぐいで覆《おお》い、グレーのTシャツとブラックジーンズという定番の服装をした長身の男性が出てくる。

昔、書店の主だった老夫婦の孫、猪田尚人《いのだなおと》さんだ。

パン職人としてこの店をひとりで切り盛りしている彼は、兼業神職だった祖父の跡を継ぎ、近所の叶木《かのうぎ》神社の新米宮司《ぐうじ》でもある。

「暑かったでしょ。まずは涼んでくださいよ」

そんな優しいことを言ってくれる猪田さん自身が、見ていていっそ気持ちいいほどの汗だくだ。

幼い頃、まだ書店だったこの店を訪れたことがある僕の記憶では、店舗《てんぽ》の奥は小上がりになっていて、畳《たたみ》敷きのスペースが、店主夫婦の茶の間だった。

変な時刻に店を訪ねると、店主夫婦が卓袱《ちゃぶ》台《だい》に差し向かいで座って食事中だったりして、何だか気まずかった記憶がおぼろげに残っている。

今、その小上がりだった場所はすっかりリフォームされ、猪田さんがパンを焼くための厨房《ちゅうぼう》になった。

店舗スペースは涼しいが、大きなオーブンが稼働《かどう》中の厨房は、きっとゾッとするほど暑いのだろう。

「自分もちょい涼も」

首からかけたタオルでゴシゴシと顔や首筋を拭きながら、猪田さんは「失礼」と一言ことわって、レジカウンターの前でしゃがみ込んだ。数秒後に立ち上がったとき、彼の手には大きなガラス製のピッチャーがあった。

「レジの下に冷蔵庫があるんですけど、朝イチで大量に麦茶を煮出して、こうやって冷やしとくんですわ。あ、坂井さんもどうぞ」

猪田さんは喋《しゃべ》りながら大きなグラスを二つ、レジ脇のカウンターに並べ、なみなみと麦茶を注いで、ひとつを僕に勧めてくれた。

自宅からせいぜい十五分ほどの道のりとはいえ、日陰がほとんどない上、七月になったばかりだというのに既に死ぬほど暑い。

猪田さんの厚意に甘えることにして、僕も取り出したハンドタオルで汗を拭きながら、冷えた麦茶をいただくことにした。

二人してごくごくと喉《のど》を鳴らして麦茶を飲み干し、ほぼ同時に「くうぅ！」と同じ声が出る。

思わず顔を見合わせて噴き出したあと、猪田さんはピッチャーを軽く持ち上げた。

「もう一杯、いっときます？」

「いえ、僕はもう十分です」

「そうですか？　ほな、自分はもう一杯」

二杯目も一気に飲んでしまって、猪田さんは新たに顔に滲《にじ》んだ汗をもう一度、タオルで拭《ぬぐ》った。

「今はスポーツドリンクやら何やらありますけど、やっぱし、塩入りの麦茶をキンキンに冷やしたんが、いちばん身体《からだ》に染み込む気ぃがしますわ」

僕は、少し驚いてピッチャーを指さす。

「今いただいた麦茶、塩、入ってたんですか？　気付きませんでした」

「言うてもやかん一つ分の麦茶に、塩はほんのひとつまみですからね」

「なるほど。あ、すみません。お店に来て、普通にお茶とかご馳走《ちそう》になっちゃって」

「いえいえ、ご注文のやつですよね？　すぐ持ってきますわ」

猪田さんはそう言うと、ピッチャーを冷蔵庫に戻し、飲み終わったグラスを持って厨房へ戻っていった。

そういえば、猪田さんは神戸《こうべ》育ちだと言っていた。

確かに、彼の語る言葉は全体的に関西のイントネーションだし、ところどころに関西弁も交じる。でも、あまり方言がきつくないし、語り口が柔らかいので、「そういえば」くらいの印象だ。

神戸の人はみんなそうなんだろうか。それとも、猪田さんが特別なんだろうか。

そんなことを考えていたら、僕が予約しておいた食パンを大事そうに両手で抱えて、猪田さんが戻ってきた。一本分ずつ、透明の袋に詰めてくれている。

「はい、お待ちどおさんです。ご注文の、『やわらか食パン』、サンドイッチスライスで！

今日の『山猫軒《やまねこけん》』さんの日替わりランチは、何サンドですか？」

猪田さんにそう問われて、僕は食パンを受け取り、大きなバッグに詰めながら答えた。

「鯖《さば》サンドを。って言っても、よくある豪快に切り身を挟む奴じゃなくて、うちのは焼き鯖をほぐして、それをマリネした野菜と合わせて挟むんですけど」

へえ、と猪田さんは興味津々《しんしん》で眼鏡《めがね》の奥の優しい目を見開く。

「野菜は何を？　あっ、うちでサンドイッチ出すにはまだ手ぇが足りんので、レシピをパクリたいわけやないですよ。自分が個人的に作って食べてみたいだけで」

僕は笑って頷《うなず》いた。

「レシピだって、いつでもお分けします。マリネした野菜っていうと洒落《しゃれ》てますけど、実際は紅白なますです。『山猫軒』のオーナーの沖守《おきもり》さんが、とっても上手に作ってくださるので、それに砕いたカシューナッツを混ぜこんで使うんです」

「ああー、そりゃ旨《うま》そうやな。なますと鯖。鯖の脂《あぶら》を甘酸《あまず》っぱいなますでサッパリさせるて、最高やないですか。けど、そういうサンドなら」

猪田さんの視線が、僕の肩越しに、本棚のほうへ向けられる。

可愛《かわい》い布を敷いた棚の上に並ぶのは、コロンとした大きなパン・ド・カンパーニュたちだ。

「ああいうリーンなパンのほうが、合うように思うんですけどねえ。いや、好き好きなんで全然ええんですけど」

「ああ、それは確かに」

僕も、クラストがカリッときつね色に焼き上がった、ころんとした美味《おい》しそうなパン・ド・カンパーニュを見ながら答えた。

「でもうちの店、高齢の方が多いので、クラストが硬いパンはちょっと厳しいんですよ」

「なるほど！　それは一理あるなあ。嚙《か》みしめるタイプのパンは、歯が丈夫でないと」

「そうそう。だから、猪田さんが耳まで柔らかく焼いてくれるこの食パンが大人気で。焼き鯖をほぐすのも、食べやすくするためと、骨をちゃんと取って安全に食べてもらうため、両方が目的なんです」

猪田さんは、腕組みして何度も頷いた。そうすると、二の腕に意外なほど見事な筋肉が盛り上がる。

パン職人は、やはり体力勝負なのだなと感心していたら、彼はしみじみと言った。

「はあー、やっぱし坂井さんは調理のプロやなあ。食べる人のことを、ちゃんと考えてる。自分なんか、ついサンドイッチの見てくれが豪華になるんが嬉しゅうてあれこれ詰めまくって、『いや待てや、こんなん分厚すぎて食われへんやろ！』ってなることがけっこうありますわ」

「わかります。あれはあれで、食べるのが自分ひとりなら、切り口を見てるだけで幸せになれていいんですけどね」

僕も思わずクスクス笑ってしまった。猪田さんも、笑いながら自分の口角を指さす。

「でかい口開けすぎて、冬とか、口の端っこをピリッとやってしもたりね。ああ、すいません。また引き留めてしもた。美味しいサンドイッチ、作ってやってやってください」

「頑張ります！　じゃ、またよろしくお願いします。お茶、ご馳走様《ちそうさま》でした」

「麦茶くらいいつでも。お互い頑張りましょ」

そんな言葉で、猪田さんは僕を送り出してくれた。

店の外に出ると、再びむわっとした熱気が押し寄せてくる。

「うう、さっさと買い物を済ませて、沖守さんちへ行こう」

自分を励《はげ》ますために小さく呟《つぶや》き、僕はたちまち噴き出す汗に閉口しながら、スーパーマーケットに足を向けた。


「うん、美味しいわ。今日も合格です！」

「ありがとうございます！」

いつも「茶話　山猫軒」を開店する前に、僕は日替わりランチを沖守さんと二人で試食する。

評価を下すのは、オーナーの沖守さんだ。

味や見栄えは勿論、食べやすさもしっかりチェックして、高齢者のひとりとして実感のこもったアドバイスをくれるので、とても助かる。

「鯖をほぐすと言われたときは、かえって食べにくいんじゃないかと思ったけれど、これで正解ね。焼き加減がいいから鯖がしっとりしているし、パンに塗ったバターが、鯖をしっかり捕まえてくれているわ」

「たぶん、なますが水気を足してくれるのもいいんじゃないでしょうか」

「それもあるわね。なますをひときわ細く作っておいてよかったわ。魚に骨がないのは、言うまでもなく安心。老人にはありがたい心遣いよ」

そんな沖守さんの高評価に、僕は胸を撫《な》で下ろす。

「よかった。鯖をほぐすの、手伝っていただいた甲斐《かい》がありました」

「お安いご用ですとも。お客様からのリクエストがあれば、食パンの耳を落とすこともできるのよね?」

「はい。かなりやわらかい耳なんですけど、トーストするので少しは硬くなると思いますし。あと、お客さんによっては、サンドイッチを小さめにカットしようかと」

「そうね。そういうことは、自分からは言いだしにくい方もいらっしゃるでしょうし。極力、こちらからお伺《うかが》いすることにしましょう。付け合わせのスープも美味しいわ」

「今日みたいな暑い日には、冷たいスープがいいだろうと思って。カボチャのポタージュ、冬は濃く作るんですけど、今日は軽く飲めるように、にんじんと合わせてさらっと仕上げました」

「美味しく水分と塩分の補給ができるわね。それに、カップにたっぷりが嬉しいわ。私、容器の中を覗《のぞ》き込まないと見えないほどケチケチ出されるスープ、大嫌いなのよ」

ふんわりした容姿に似合わない辛辣《しんらつ》なコメントを発しつつ日替わりランチにゴーサインを出した沖守さんは、すぐに洗い物を始める。沖守さんが洗ってくれたものを、拭いてしまいこむのが僕の役目だ。

「暑いから、今日はお客さん、あんまり来てくれないかもしれませんね」

「そうねえ。お客様には無理をしてほしくないし。でも、サンドイッチもスープも美味しいから、召し上がってほしくもあって複雑な気持ち」

窓越しに照りつける真夏の太陽を恨めしげに見やった沖守さんは、まるで世間話のような調子でこう言った。

「ところで、急なことで悪いのだけれど、明日の朝、少しお時間をいただけるかしら?」

僕は即座に答えた。

「勿論です。明日は、庭の手入れをしようと思ってました。他に何か用事があるなら」

「荷物運びをお手伝いしていただきたいの」

「荷物ですか？　何か、お買い物でも？」

「いいえ、入院」

サラリと告げられた一言に、僕は飛び上がりそうになった。

「ちょ、そんなに急にですか？」

「だから、急なことで申し訳ないと」

「いえ、謝っていただくようなことじゃないです。でも、いったい何が」

「ごめんなさい、あっさり伝えようとして、かえって心配させてしまったわね」

僕の動転ぶりが少し可笑《おか》しかったのか、沖守さんは微苦笑を浮かべて、かぶりを振った。

「もとから、検査入院をそろそろと言われていたの。今、とりたてて何かが悪いというわけではないのよ。ただ、もとから私の心臓は低空飛行だから、これ以上少しでも低くなると、地面に激突してしまうでしょう？　いつもの検査より念入りに調べて、メンテナンスしていただくわけ」

そんな平易な説明に、僕はようやく安堵《あんど》する。

「ああ、検査入院！」

「本当はもう少し先の予定だったのに、ちょうど病室と主治医の先生のスケジュールが空いたんですって。だから急遽《きゅうきょ》、前倒しになったの」

「そういうことでしたか。よかった。いやでも、もしかしたら、よくないところが見つかるかもしれないわけ……ですよね。ご不安じゃないですか？」

「それは勿論。でも、早く見つけて、早く手を打っていただくに越したことはないから。前向きな入院よ」

沖守さんの表情や声に、無理をして強がっている気配はない。僕はそこにも心底ホッとして、頷《うなず》いた。

「わかりました。入院は、どのくらいですか？」

「何ごともなければ、二泊三日の予定。だから、荷物もそんなにはないの。本当は、ひとりで十分行けると……」

「いえ、そこは僕に持たせてください。ちゃんと病室までお送りしますから」

僕がそう言うと、沖守さんは本当に嬉しそうに破顔《はがん》した。

「そう言ってくれるのを期待していたの。心強いわ」

「荷物運び以外、何もできないですけど」

「傍にいてくれるというのが、何より嬉しいものなのよ。ありがとう、坂井さん。じゃあ明日、八時半にここに来てくださる？」

僕は一も二もなく承知した。

「わかりました。もっと早く来て、何かお手伝いすることがあれば」

「ないわ。荷造りくらい、自分でするもの」

「じゃあ、お留守の間にできることは……あ、明後日の水曜日、お店はどうしましょう」

すると沖守さんは、すぐにこう言った。

「あなたの判断で。もう試食しなくても、あなたが作るお料理の味は信用しているわ」

「僕はちょっと不安ですけど、そういうことなら。沖守さんとお客さんたちをガッカリさせないよう、一生懸命やります」

「ええ、そうしてちょうだい」

「あと、お見舞いに」

「それは結構よ。検査のスケジュールが詰まっているから、それ以外の時間はひとりでゆっくりしたいの。せっかくのお申し出なのに、ごめんなさい」

沖守さんは申し訳なさそうに、でもきっぱり僕の申し出をはねつけた。

病人の気持ちは理解しようとしてもしきれないので、そんな風にハッキリ言ってくれるほうが、僕としてはむしろありがたい。

「なるほど、わかりました。じゃあ、何か必要なものがあったら、遠慮《えんりょ》せず連絡してください。届けます。それから、退院の日は、お迎えに行きます！」

「ふふ、頼もしい。ありがとう。それで、あともうひとつだけ、私が留守しているあいだにお願いしたいことがあるのだけれど」

「何ですか？　何でも仰《おつしや》ってください。僕は、沖守さんのハウスキーパーなんですから！」

急に躊躇《ため》らいがちな口調になった沖守さんを訝《いぶか》しく思いつつ、僕は声に少し力を込めて、先を促す。

泡《あわ》立《だ》ったスポンジを手に持ったまま、沖守さんはやはり少し躊躇《ちゆうちよ》したあと、こう切り出した。

「私が家にいない間……つまり明日から二晩、この家に泊まってくださらない？　よかったら、猫さんと一緒に」

「えっ？」

予想だにしなかった申し出に、僕は素《す》っ頓狂《とんきよう》な声を上げてしまう。

「ここに、猫と一緒に、ですか？　また、どうして？」

「ひとつは、私が留守の間、誰かが家を守っていてくれると思うと安心だから。誰にでも頼めるようなことではないけれど、あなたと猫さんなら安心」

そう言ってくれるのはありがたいが、さすがにちょっと、警備会社の代わりは荷が重い。

戸惑う僕に、沖守さんは洗い物の手を止めて僕の顔をじっと見上げ、こう言った。

「もうひとつ……この家に、私以外の人と過ごさせてあげたいの」

「えっ？」

沖守さんは、恥ずかしそうに微笑《ほほえ》んでこう言った。

「息子と夫が死んだあと、この家はずっと私としか付き合っていないでしょう？『山猫軒』にお客様が来てくださるといっても、束《つか》の間《ま》のことだし。家としては、きっと寂しいと思うのよね。夫がお客好きな人で、彼が生きていた頃は、ここはとても賑《にぎ》やかなお家だったのよ。だから。……こんなことを言ったら、おかしいかしら」

「い、いえ、そんなことは、ないですけど」

「珍しく私が留守をして、その間、あなたと猫さんがここで楽しく暮らしてくださったら、この家も、昔の雰囲気《ふんいき》を少しは思い出して、楽しいのではないかと。そんな風に思ったのよ。駄目かしら」

僕はまだ軽く混乱しながら、首を横に振った。

「いえ。駄目とかそんなことは、全然。そこまで信用してもらえて、嬉しいです。でも、僕はよくても、猫が……」

「猫さんは、お忙しい？」

「いえ、訊いてみないとわからないので。今夜、話してみます。少なくとも、僕は泊まれます。最悪、僕だけでも？」

沖守さんは嬉しそうに頷いた。

「ええ、ええ。勿論《もちろん》よ。お泊まりをして、この家と仲良くなってちょうだい」

「家と、仲良く」

「大丈夫、『山猫軒』の店長さんなんですもの。お二人とも、何度かお食事に来てくださったことがあるんだし。きっとこの家は、あなたにも猫さんにも興味津々《しんしん》よ」

沖守さんは、今度は自信満々にそう言った。彼女にそう言われると、本当に今、この素敵なお屋敷が、僕の返事を耳をそばだてて待っているような気がしてくる。

「家が、僕たちに興味津々ですか。……なんだか、緊張しますね」

「大丈夫よ、いつものあなたたちで。ああ、ホッとした。これで安心して入院できるわ」

人生の大先輩である沖守さんにそこまで頼られてしまっては、尻込みや遠慮をしているわけにはいかない。受けて立つしかないだろう。

「了解です。お留守は万事、任せてください」

柄《がら》にもなくエプロンの胸など叩いてみせる僕に、沖守さんは大きく頷いてくれた。

その夜、僕はいつものようにやってきた猫に、沖守邸での「お泊まり」を打診してみた。

「あ？　お泊まりでございますか？」

七月でこれなら、八月はどうなってしまうのかと思うような猛暑は、毛皮を脱げない猫にはさらにこたえるのだろう。

人間の姿でうちに来るなり、茶の間のエアコンの涼風がよく当たる場所に大の字で転がって僕の話を聞いていた猫は、むっくり起きると台所へやってきた。

「エアコンってのはいいもんですね。猪田の孫、拝殿《はいでん》にもエアコンをつけてくれねえかなあ。あ、硬い菜っ葉だ。俺っちむしりますよ。気持ちいいんで」

猫には本来ない習慣だろうと思うのに、僕の家に通ってきて、料理まで手伝ってくれるようになってから、猫はごく自然に、シンクで手を洗うようになった。

ただ、手を拭く行為だけが頭から毎度抜け落ちるようで、元気よく手を振って、水滴を盛大に飛ばす癖《くせ》だけは今も直らない。

「冷たっ。もう、タオルを使えってば。キャベツは生で食べるから、一口大に」

「おいっす」

お決まりの灰色ジャージを着込んだ猫は、どこもかしこも人間の姿に化けているのに、手足の爪だけがにゅーっと長く尖っている。その手で器用にキャベツをちぎってボウルに放り込みながら、「お泊まり、いいっすよ」と思いのほか軽やかに承諾《しょうだく》してくれた。

「いいの？　お前、いつも夜になったらシャッと帰るから。クリスマスだって大晦日《おおみそか》だって、さんざん飲み食いしたけど朝まではいなかっただろ。だから、そういうの、気が進まないのかと思ったよ」

豚ロース薄切り肉を二枚、端っこを軽く重ねた状態でまな板の上に広げ、そこに細長く切ってサッと茹《ゆ》でた野菜を載せてくるくると巻く作業をしながら、僕は正直に驚いてみせた。

今日の野菜は、冷蔵庫に中途半端な量が残っていたにんじんといんげんだ。オレンジ色と緑色を取り合わせると、なかなかに美味《おい》しそうな色合いになる。

「や、そういうわけじゃねえですよ。ほら、前にも言ったでございましょ」

「神様への義理立てっていうか、お世話になってる神社を夜じゅう守るために帰るって言ってたよね」

猫は相変わらず軽い調子で相づちを打った。

「そうそう。俺っち、神社のアイドル兼接待係兼警備員みたいなもんですからね。けど、猪田の孫が神主《かんぬし》として来たことだし、俺っちがそこまで張り切ることもねえかなって」

「あれ、猪田さん、神社の敷地内に住んでるの？」

僕の問いかけに、猫はあっさりと否定の返事をした。

「や、ずっと住んではいねえです。けど、ちょいちょい社務所《しゃむしょ》の奥で寝泊まりしてるみたいっすよ。夜中に音楽とか変な呻《うめ》き声みたいなのが聞こえてくるから、きっと神主がよく唱えてるあれ……」

「祝詞《のりと》っていうのかな？」

「たぶん。そういうやつの稽古《けいこ》をしてるんじゃないですかねえ」

「そっか、普段はもしかしたら、パン屋さんの二階で暮らしてるのかも。あんな駅前の建物が混み合ったところじゃ、確かに夜に祝詞の練習はできないね」

「あんな声を街中で出したら、殺されかけてんのかと思われちまいますよ」

「そりゃ失礼すぎ。でも神社なら、その点、すぐ近くに家はないから、少々大きな音を出しても安心だもんね。そうか、猪田さんは努力家だな」

「まあ、神主にしちゃちっとばかしごつすぎますけど、悪い奴じゃねえですよ。そんなわけなんで、前ほどお社《やしろ》を守ってやらなきゃって感じでもないんですよね」

猫はなかなかの上から目線でそう言って、鼻の下をちょいと擦った。

「じゃあ、沖守邸に二泊するくらいは、許される？」

「一応、帰って神さんにお伺《うかが》いは立てますけど。オコモリさんには、これまでお賽銭《さいせん》をさんざんはずんでもらってますから、神さんも駄目とは言わねえと思いますよ」

「そっか、よかった。じゃあ、明日はどうする？」

「夕方、旦那《だんな》んちに行く代わりに、オコモリさんちに行きゃいいんでしょ？　任せてくださいよ。あの綺麗《きれい》な家に泊まれるのは、俺っち、ちょっと楽しみですね。壁をバリバリしないように気をつけなきゃ」

僕はギョッとして猫の涼しい顔を見た。

「待って待って。人間の姿のときも、壁バリバリ欲求はあるの!?」

猫は、何を馬鹿なことを言いたげに、勢いよくちぎったキャベツをひとかけつまみ食いしながら答えた。

「当たり前でございましょ。人間のなりをしてたって、俺っちは俺っち、中身は猫ですよ」

「それはそうだけど、うちでは壁で爪とぎなんて、したことないじゃん」

「だってほら」

猫は、茶の間のほうを振り返った。

「土壁はバリバリしたら、爪に土が詰まって気持ちが悪いですからね」

「あー！　そういうこと。じゃあ、沖守さんちでは、ホントに気をつけて。他人様《ひとさま》の家だし、あの綺麗な壁紙は、きっと死ぬほど高いし。絶対駄目だよ」

猫は自信なさげに肩を竦《すく》めた。

「まあ、頑張ってはみますよ。やりそうになったら、旦那がすっ飛んできて、羽交《はが》い締《じ》めにしてくれりゃいいです」

「えええ、羽交い締め……？　できるかな。うう、一緒に泊まってくれるのは嬉しいけど、お前から目を離せないじゃないか」

「おっ、俺っちにメロメロですね！」

「そういうんじゃない！　あ、キャベツ、ざっと洗って水を切っておいて。味付けするから」

「ほいほい」

猫は、すっかり手慣れた様子で引き出しからざるを取り出し、そこにちぎったキャベツをあけて、流水で洗った。そうしておいて、僕の手元を興味津々《しんしん》で覗《のぞ》き込む。

「で、旦那はさっきから、何をちまちまやってんです？」

「野菜を肉で巻いてるんだよ。これをフライパンで焼いて、甘辛《あまから》く味をつける」

「へえ、旨《うま》そうですけど、辛気《しんき》くさいなあ。野菜と肉、別々に食っちゃ駄目なんですかね」

「焼くと、豚肉の肉汁や油がほどよく野菜に滲《し》みるだろ？」

「するってぇと、野菜がたちまち肉味に！　そいつぁお得だ」

「落語家みたいな喋《しゃべ》り方、誰に教わるんだか。そこまで極端じゃないけど、肉の風味が移って、野菜が凄《すご》く美味しくなるよ。よし、巻き終わり！」

僕はフライパンを出してきて、野菜の肉巻きを並べ、火を点けた。巻き終わりを下にして真っ先にしっかり火を通し、接着してしまうのが唯一のコツみたいな簡単料理だ。

肉はしばらくそのままでいいので、僕は手を洗い、猫がちぎってくれたキャベツに、目分量で細切りの塩昆布《しおこんぶ》といり胡麻《ごま》、ごま油、醬油《しょうゆ》を加えて、両手でざっくり混ぜた。しばらく置いてもう一度混ぜてから、味を確かめる。

本当はチューブ入りのおろしにんにくを足すと風味が増してどんどん箸《はし》が進むのだが、明日は、朝から沖守さんを病院にエスコートするので、さすがにまずい。

パンチがなくて多少は物足りないかもしれないけれど、代わりに顆粒《かりゅう》タイプの鶏ガラスープを少し足して味を調えることにした。

「猫、それ皿に盛って。いい感じにこんもり」

「かしこまり！　旦那もそろそろ肉を引っ繰り返したほうがいいですよ」

さらりと指摘されて、僕はハッとした。

焦げ付きにくいノンスティックタイプのフライパンに甘え、思いきりほったらかしにしていたら、フライパンに接する部分の肉だけが、軽く焦げつつある。

「うわっ、言ってくれてありがとう！」

僕はキャベツを猫に託し、大慌てで菜箸に手を伸ばした。

「それにしても旦那、オコモリさんは大丈夫なんですかね？」

しばらく後、いつものように卓袱台《ちゃぶだい》で食事をしながら、猫は世間話のついでのような調子で訊ねてきた。

見れば、ちょっと決まりの悪そうな顔で、野菜の肉巻きをぐいぐいと口に押し込んでいる。

妙に古風なところがある猫は、「言霊《ことだま》」を気にする。普段は歯に衣着せない物言いをするくせに、本当に気がかりなことについては言葉を濁《にご》す癖があるようだ。

沖守さんのことも、出会った頃はさほど愛着がないのでけっこう辛辣《しんらつ》なことを言っていたような記憶があるが、猫の姿のときも人間の姿のときも優しくしてもらって、すっかり彼女が好きになったのだろう。

だからこそ、さっき僕から検査入院の話を聞いてから、わざと平気なふりをしつつ、心の中ではずいぶん心配していたに違いない。

「検査入院だって言ったろ。通いじゃできない、ちょっと手の掛かる検査をするだけだって。あとほら、経過観察とかさ、長めの見守りが必要な検査」

「けど、そこで悪……よくねえところが見つかったら、厄介《やっかい》なことになるんじゃねえんですか？」

慎重に言葉を選んで、昼間の僕と同じ心配をする猫に、僕もできるだけ楽観的に返事をした。

「大丈夫、沖守さんは前向きだったよ」

「前って、この場合はどっちなんです？」

「希望的観測、あるいは、『災《わざわ》い転じて福となす』ってやつかな。今、沖守さんはそこそこ元気だからね。症状が酷《ひど》くないうちに悪いところが見つかれば、体力があるうちに早く手を打てるからいいんじゃないかって。そんな風に言ってた」

「なぁるほどぉ」

猫はわかったようなわからないような顔をして、それでもふむふむと頷《うなず》く。

僕は、猫だけでなく、自分自身に言い聞かせるように言葉を足した。

「とにかく、そこはお医者さんを信じるしかないだろ。僕らは沖守さんが安心して入院できるように、留守番を頑張ろう」

「頑張るって、何すりゃいいんですかね？」

「んー、沖守さんは、『家と仲良くしてくれ』って感じのことを言ってた」

猫はもぐもぐと肉を咀嚼《そしゃく》しながら、目をまん丸にした。

そんな風にすると、猫の姿のときとそっくりの、とびきり美しいビー玉のような目になる。

「家と仲良く？」

「沖守さんの家は、昔、亡くなった旦那さんや息子さんがいて、お客さんがたくさん来て、賑《にぎ》やかだったんだって。だから、僕と猫が楽しくお泊まりすれば、それが沖守さんの大事な家が昔を懐かしんで、喜ぶことだって」

僕の説明でようやく腑《ふ》に落ちたのか、猫はいつもの不敵な笑顔になって、「なるほど！」と手を打った。

「アレですね、パーティ！」

対照的に、僕のほうはやや渋い顔になる。

「そこまではっちゃける必要はないだろ。せいぜい……そうだな、合宿くらいで」

「合宿？　なんです、それ」

僕は、物足りなそうな猫の皿に、一つだけ野菜の肉巻きを載せてやりながら答えた。

「ほんとはもっとたくさんの人が集まってやることなんだろうけど、一緒に同じ場所で寝泊まりして、色んなことを勉強したり楽しんだりする行事のこと。子供の頃、学校であったよ」

「へーえ」

猫は、僕のお裾《すそ》分《わ》け分の肉を、特に感謝する様子もなく即座に口に入れ、もぐもぐしながら頷いた。

「旦那は何したんです、その合宿で」

「中学二年のスキー合宿だったから、クラスのみんなで宿の大広間に雑魚寝《ざこね》して、スキー場でスキーの講習を受け……あ、スキーはわかる？」

猫が顔じゅうで「わからない」と答えてきたので、僕は考え考え説明を試みた。

「雪がたくさん降るところ、しかもこう、幅の広い下り坂がある場所で、冬にやるスポーツだよ。足の裏に、細長い板をつけて、それで雪の上をしゃーっと滑るんだ」

猫はむしろ呆《あき》れ顔で、目をパチパチさせた。

「なんでわざわざ？」

「スポーツだよ！　野球とかテニスとか、そういうのと一緒。雪は滑らかだから、その上を特別な板で滑ると、凄いスピードが出て面白いんだ……たぶん」

「たぶん？」

「僕は運動全般、昔からあんまり得意じゃないからね。スキーもヘタクソで、転ばないようにするだけで精いっぱいだった。楽しむところまでたどり着けなかったよ」

僕の恥ずかしい告白を聞いて、猫は気の毒そうに太めの眉《まゆ》をハの字にした。

「そりゃまあ……旦那、しょうがないですよ。人間にも猫にも、向き不向きってもんがありますからね。旦那は旨《うま》い飯が作れるんですから、そっちの才能を伸ばしていきましょうや」

フォローだか慰めだかわからない猫の言葉に、僕は苦笑いでお礼を言った。

「そりゃどうも。ごはん、お代わり入れてくるけど、お前は？」

「あ、俺っちもいただきます。かるーく一杯で結構なんで」

猫はサッと茶碗《ちゃわん》を差し出してくる。

「そんな微妙な表現をよく知ってるね」

「大昔にお世話になった例の夜逃げした家族の、奥さんがよく言ってましたね。『あたしも、かるーく一杯だけお代わりいただきましょ』って」

「ありがち！」

おそらく、猫の話を総合すると、そのご家族が猫と暮らしていたのは、昭和の時代のことではないだろうか。そう考えると、女性の「軽く一杯」というお代わりの言い訳のような台詞《せりふ》も、わかるような気がする。

今は、「山猫軒」のお客さんも、男女を問わず、自分の食事の適量について、注文時に率直《そっちょく》に話してくれる人が増えた。お客さんの食べっぷりを見て、こちらからおかわりを勧めることも多いが、僕も沖守さんも、相手の年齢や性別はまったく気にしない。

お客さんのほうも、特に恥ずかしがることもなく、お茶碗をスッと出してくれる。まあ、僕がお勧めするより、沖守さんのほうが適任というところはあるのだけれど、そこはおそらく人徳の差だ。

「おかずがもうないなあ。何かごはんのお供……あ、アミの佃煮《つくだに》がある。この前、沖守さんに貰ったんだった。よし、これで食べよう。猫、卵かけする?」

ふと思いついてそう訊ねると、皆まで言わないうちに「しますとも!」と返事があった。食べることには、猫は本当に貪欲《どんよく》だ。

そこで僕たちは、小さな器《うつわ》に一つずつ生卵を割り入れた。

僕は箸《はし》で、猫は長い爪で器用に卵のカラザを取り除け、醤油《しょうゆ》をごく控えめに垂らして、しっかり溶いた。猫もこの作業には爪を使わず、最近、だいぶ器用に使うようになった箸を動かす。

それから僕らは、お茶碗に軽く盛りつけたごはんの真ん中に箸で穴を開け、そこに溶いた卵を注意深く垂らした。

あとは箸で混ぜれば、卵かけご飯の出来上がりだ。

最近では、黄身と白身を分けて混ぜたりするそうだけれど、僕はこの昔ながらのやり方がいちばん好きだ。

ご飯の真ん中に「井戸を掘る」のは、子どもの頃に祖母に教わったやり方で、猫も僕がするのを見て覚えてしまった。

「この上から、アミの佃煮をたっぷり振りかけて、もみ海苔《のり》を載せて……どう？」

「どれどれ。アミってのはいい匂《にお》いがしますねえ。何なんです？　ちっこい海老《えび》かな」

茶碗に鼻を近づけ、猫はふんふんと匂いを嗅《か》ぐ。僕は、軽く首を傾《かし》げた。

「僕もそんなに詳しくはないけど、アミは海老とはちょっとだけ違う生き物らしいよ」

「へえ？　じゃ何なんです？」

「何って言われても困るよ。たぶん、大きな括《くく》りで甲殻類《こうかくるい》ではあるけど、海老とは違う系統ってことなんじゃない？」

「旦那の説明はわかりにくいなあ」

「別に、わかんなくても、旨けりゃそれでいいだろ。ほら、食べて」

僕が急《せ》かすと、猫はちょっと不満げに唇を尖らせつつも、箸をスプーンに持ち替えた。やはり、気兼ねなく食べるには、まだ箸よりそちらのほうが楽なようだ。

「旦那は、変なとこで大雑把《おおざっぱ》ですねえ。あ、旨っ」

相変わらずシンプルな賛辞を口にすると、猫はがばがばと勢いよく卵かけご飯をスプーンで口に運ぶ。

「旨いだろ？　きっと卵かけご飯と合うと思ったんだ。沖守さんは、おむすびの中に入れるって言ってた。それも美味《おい》しいだろうな」

僕も、一口食べてみた。

卵かけごはんのまろやかな味に、アミの佃煮の甘塩《あまじよ》っぱさ、海苔の香ばしさがよく合って、本当に美味しい。少し甘さが勝った佃煮は、まったく嫌な癖《くせ》がなく、ただアミの濃厚な旨味だけが口に広がる。

佃煮のパッケージには、「千田佐市《ちださいち》商店」という製造元が記されていた。所在は、秋田県だ。

「沖守さんは、秋田のお店にも詳しいのか。お取り寄せの達人だよね。一つだけ注文すると送料が割高過ぎるからっていくつか頼んで、そのお裾分けをくれたんだ」

「お取り寄せって何です、旦那？」

「お店から、商品を送ってもらうことだよ。そうしたら、簡単に行けないような遠くの店の商品も、自宅にいながら楽しむことができるだろ？」

猫は感心した様子で、小さなアミの佃煮に顔を近づけ、しげしげと見た。

「へえ。秋田ってのは、そんなに遠いんですか」

「少なくとも、佃煮を気軽に買いに行くには遠すぎると思う」

「ふーん。そんな遠くから来たと思うと、ありがたみがありますねえ。オコモリさんは食い道楽だ」

「そうだね。色んな土地の色んな食べ物を知っているから、いつも驚かされるよ。いったいどこで情報を得ているんだろう」

「謎のネットワークがあるんじゃないですか？　俺っちみたいに」

「お前みたいに？　猫ってこと？」

がふがふと元気よく卵かけごはんを平らげながら、猫は得意げに答えた。

「そそ。家の中から出てこねえ猫はともかく、街で生きる猫には、情報が命綱《いのちづな》ですからね。どこの家がおやつを出してくれるか、どこの家に猫嫌いの人間が住んでるか、どこの家に構ってやらなきゃいけねえ一人暮らしの年寄りがいるか、どこの家にヤベェ犬がいるか……なんてことをね、寄り合って教え合うんですよ」

「猫会議ってやつ？　猫がそういうことをするって、ネットの噂《うわさ》で見かけたことがあるよ」

「ちっちっち、旦那《だんな》は言い方が古いなあ。今どきの人間は、『ねこねこネットワーク』って呼ぶらしいですよ」

「お洒落《しゃれ》！」

「猫はオシャレな生き物ですからね。あ、旦那、俺っち、かるーくもう一杯。勿論《もちろん》、卵かけで！」

「もう食べちゃったの⁉」

本来は小さな身体《からだ》の猫が、卵をいっぺんに二つも食べて大丈夫だろうかと心配したが、よく考えてみれば、オムライスを出すときは、卵二つでチキンライスを包む。

ならば大丈夫だと安心しつつ、僕は猫が元気よく出した茶碗を受け取り、再び「よっこいしょ」と年寄り臭《くさ》いかけ声と共に立ち上がった。

翌朝、約束の時刻に僕が沖守邸を訪問すると、既にタクシーが玄関前に横付けになっていた。

意外とせっかちなところがある沖守さんなので、そのあたりの手配は万全だったのだろう。

僕は真っ先に、沖守さんが入院用の荷物を詰めたスーツケースをタクシーに運び、そのあと、彼女に腕を貸して家から連れ出し、一緒に病院へと向かった。

病院の総合受付で入院手続きを済ませ、病棟の指定されたフロアに向かうと、ナースステーションにいた看護師が、すぐに病室に案内してくれる。とてもスムーズなオペレーションだ。

沖守さんに用意されていたのは、こざっぱりした小さな個室だった。

ビジネスホテルによくあるような、極小サイズのシャワーブースと、壁に膝が当たりそうな洋式トイレが備わっている。

いずれにせよたった二泊だし、小柄な沖守さんなら何ら問題はないだろう。

荷ほどきを手伝っていたら、さっきここに案内してくれた看護師がまた顔を出して、さっそく検査がもうすぐ始まる旨《むね》を伝えていった。

沖守さんも言っていたが、本当に予定がすし詰めらしい。検査着への着替えもあるとのことで、僕は早々にお暇《いとま》することにした。

「ゴミ袋は取り付けたし、飲み物は冷蔵庫に。……うーん、こんな感じで大丈夫ですか？

他にできることは？」

「ありがとう、坂井さん。もう十分。あとは、猫さんと一緒に、私の家をよろしくお願いしますね」

「わかりました。じゃ、何かあったらすぐ連絡をください。駆けつけますから！」

「はいはい。私のハウスキーパーさんは、心配性ねえ」

嬉しそうな苦笑いでそう言って、沖守さんは僕を病室の引き戸のところまで見送ってくれた。

僕としては、つらいこともあるだろう検査に向けての励《はげ》ましの言葉などを言いたかったのだが、上手《うま》い文句が思いつけず、沖守さんも、そんなものは要らないという雰囲気《ふんいき》を醸《かも》し出している。結局、「頑張ってください」しか言えずに、僕は電車と徒歩で沖守邸に戻った。

「あっつい……！」

行きと帰りで違う交通機関を利用すると、タクシーの楽さ便利さを痛感する。

沖守さんは、僕と猫に二階の客室を使うよう言ってくれたので、僕はまず、雑誌でよく見るヨーロッパのホテルのようなクラシックで瀟洒《しょうしゃ》な洋室に、二泊分の荷物を運び入れた。

それから、ハーフパンツとTシャツに着替え、麦わら帽を被《かぶ》って、さっそく庭に出る。

毎年、夏の最難関作業といえば、炎天下の庭仕事だ。

沖守邸の庭は広い。基本的に庭木の手入れや芝刈り（美しく仕上げるのは意外なほど難しいのだ）は造園業者が定期的にやってくれているが、「茶話　山猫軒」から見える大きな花壇《かだん》、もといナチュラルガーデン風の一角は、僕が管理することになっている。

勿論、どんな種類の、あるいはどんな色合いの植物を植えるかは沖守さんの希望を聞くけれど、実際に種や苗を買ってきて植えて育てるのは僕の仕事だ。

おかげで、園芸にはズブの素人《しろうと》だった僕も、それなりに花に詳しくなってきたし、お客さんとの話題も増えた。「茶話　山猫軒」の店長としては、有り難い限りだ。

ただ、夏は他の季節に比べると花の種類がどうしても少なくなるし、朝夕の水やりにも時間がかかる。何より、雑草が。

いや、雑草という呼び方は、沖守さんが嫌うのだった。

「人間の勝手な言い分で申し訳ないんだけれど、美観を保つために、そこで育ってもらってはいささか困る草があるのよね」

そう言いながら目についた草を容赦《ようしゃ》なくブチブチむしっていくので、やっていることは厳しい。でも沖守さんとしては、「雑」という呼び名が植物に対して失礼にあたると感じられるのだろう。

何となく、言いたいことはわかる。

僕だって、偶然種が落ちた場所でささやかに生きているだけなのに、突然誰かから「お前は雑草だ」なんて言われたら、傷つくし困ってしまう。

「ゴメンよ〜」

植え込みの前に低い踏み台を据えてそこに腰掛けた僕は、小声で謝りながら、育ってほしくない草たちを抜き、次から次へと柔らかいシリコン製のバケツに放り込んだ。

植え込みには、他の季節に比べればバラエティに乏《とぼ》しいとはいえ、それでも色々な花が植わっている。

ルドベキア、エキナセア、サルビア、ランタナ、トレニア、ペチュニア、ニチニチソウ、マリーゴールド、ホリホック、フロックス、ヘリオプシス、クロコスミア……。

目に入る花の名前がスムーズに出てくることに、我ながら驚く。

(継続は力なり、だな)

最初は、沖守さんが口にする植物がどんなものかさっぱりわからず、メモを片手にホームセンターの苗売場をウロウロ何周もする羽目になったし、どのくらいの草丈に育って、どんな花が咲くか見当もつかず、適当に植えてしまって大変なことになったりもした。

今は名前を聞いただけでパッと姿が浮かぶ植物が増えたし、沖守さんから園芸雑誌を借りて読むようになったので、新しい品種や流行《はや》りの品種にも、少しだけ詳しくなってきた。

その成果として、僕自身が選び、この夏に導入した新しい苗が二種類ある。

ひとつは、小さな花がたくさん咲くタイプのひまわり。

半信半疑で鉢植《はちう》えにしたら、本当に次から次へと小振りの花が咲き続けるのでビックリしてしまった。花がら摘《つ》みが少し面倒ではあるものの、暑さをむしろ大歓迎するような元気さで、頼もしい。

もうひとつは、タイタンビカス。

その名のとおりハイビスカスに似た、それより遥《はる》かに大きな花が咲く品種だ。

どのくらいの大きさかといえば、僕の手のひらより大きく、ほぼ沖守さんの顔と同じくらいのサイズだった。

こちらも鉢植えにして店の入り口脇に飾っているので、店に来たお客さんたちが珍しがって、花に顔や手を寄せて写真を撮っていく。

ひまわりはともかく、タイタンビカスのほうはとても大胆《だいたん》で華やかなため、「他の花たちとの調和がねえ」と最初は渋い顔だった沖守さんも、お客さんたちがあまりに喜ぶため、最近では「目立つ子も必要かもしれないわね。確かに見事だわ」と、花が咲くたび褒めてくれるようになった。

やはり、自分が選んだ苗があると、手入れにも熱が入るというものだ。

時々、傍《かたわ》らに置いたペットボトルのスポーツドリンクを飲んで水分補給をしつつ、僕は汗だくになって、草を引き、花がらを摘み、伸びすぎた苗を切り詰め、追肥《ついひ》を施《ほどこ》した。

ずっと気になっていたのに、時間がなくてやれなかった作業を全部いっぺんにやったせいで、終わったのは午後二時過ぎだった。

客室に隣接するバスルームでシャワーを浴び、汗を流して部屋着に着替えると、たちまち疲労がピークになり、僕はそのまま、客間の二つ並んだベッドのうち、扉側にダイブした。

ふかふかの布団とマットレスが、くたびれた全身を柔らかく受け止めてくれる。エアコンがほどよく効いて、まるで天国のような気持ち良さだ。

そういえば昼食を食べていなかったと思い出したものの、瞼《まぶた》の重さには対抗しきれず、僕はそのまま泥のような眠りに落ちていった。


そんな僕の安らかな眠りを破ったのは、枕元に置いたスマートホンの着信音だった。

(沖守さんに、何か⁉)

そう思うと同時に、僕は跳ね起きていた。眠気は、瞬時に遠くへ追いやられる。

液晶画面には、実際、「沖守さん」という文字が表示されていた。

連絡が病院スタッフからではなく、沖守さん本人からだと知って、ほんの少し安堵《あんど》したものの、彼女がかけてきたということは、何か必要なものができたのかもしれない。

僕は慌てて通話アイコンをタップし、スマートホンを耳に当てた。

「もしもし?」

『もしもし、沖守です。ごめんなさい、お忙しかった?』

「あ、いえ、寝てました」

正直に答えると、沖守さんはふふっと笑った。

『お昼寝を邪魔してしまったのね。ごめんなさい』

「そんなことはいいんです。あの、何かありましたか? 大丈夫ですか?」

心配になって性急に訊ねると、沖守さんはいつものおっとりした口調で答えた。

『ええ、大丈夫よ。明日は午前に造影剤検査があるので少し緊張するけれど、今日はその前の、小さな検査がいくつか立て込んでいたの。もう、すっかり終わったわ』

「それはよかったです。じゃあ、何か必要なものでも?」

『いいえ。そうではなくて。今朝、あなたにお伝えすることがあったのに、すっかり忘れて他のお喋《しゃべ》りに熱中してしまったものだから』

「僕に？　何です？」

『お昼寝してたってことは、まだ、お夕飯の支度《したく》はしてないかしら？』

ええまだ、と返事をしながら、僕は枕元に置かれた目覚まし時計を見た。もう、午後四時を少し過ぎている。二時間あまり、ぐっすり眠り込んでいたようだ。

『よかった。せっかく猫さんとお泊まりしていただくんだもの。お店の冷蔵庫に、ささやかな食材を入れておいたわ。召し上がってちょうだい』

思いがけない配慮《はいりよ》に、僕はビックリしてスマートホンを耳に当てたままベッドを降りた。客間を出て、階段を駆け下り、今日は休業している「山猫軒」の厨房《ちゆうぼう》に入る。

「うわっ」

冷蔵庫を開けた瞬間、思わず声が出た。

ささやか、などと、謙遜《けんそん》が過ぎる。

いつもはランチ用の食材を入れておく冷蔵庫の棚《たな》には、様々な野菜と一緒に、厚めにカットされた美味《おい》しそうな牛肉が入っていた。

『昔はよく、夏になるとお庭でバーベキューをしたものだったの。さすがにもうグリルは残っていないけれど、ホットプレートで焼いて召し上がれ』

「こんなことまでしていただいて……すみません」

すっかり恐縮する僕に、沖守さんは笑いを含んだ声で言った。

『家族の思い出を少しなりと分かち合ってほしいっていう、私のワガママなのよ。でも、それを召し上がるのは明日にしてね。今夜は、午後七時にピザが届くように手配してあるから』

「ええっ？」

『息子の大好物だったのよ。あの子がいなくなってからは、年寄りには脂《あぶら》っこすぎて頼んだことがなかったんだけど、久しぶりに、あなたたちに食べてほしくなったの。ご迷惑じゃなければ』

「迷惑だなんてことは、ないです。今夜のことはまだ何も考えていなかったので、ありがたいです。でも、何から何まで」

『あともうひとつ』

「まだあるんですか？」

思わず上擦った声を出してしまった僕に、沖守さんは『テーブルの上をごらんなさい』と言った。

「テーブルの上……あっ、これは」

言われたとおり、客席の大きなテーブルに歩み寄った僕は、今度は歓声を上げてしまった。

『それも、息子が小さかった頃に毎年遊んだ、懐かしい品なの。猫さんと一緒に楽しんでちょうだいね』

沖守さんの心遣いに、僕はちょっと泣きそうになりながら、「必ず」と請け合った。


それから三時間後。

いつものように、でもいつもと違って、僕の家ではなく沖守邸にジャージ姿の猫が現れたとき、僕はちょうど、デリバリーされた料理を「山猫軒」のテーブルに運び終えたところだった。

沖守さんは、「私のお部屋のダイニングを使ってくださっていいのよ」と言ってくれたけれど、さすがに主のいない居室に踏み入るのは申し訳ないと思ったのだ。

「こんばんは、旦那《だんな》。なんだか、オコモリさんちで旦那とふたりだけってのは、どうにも新鮮ですね」

そんなことを言いながら、店の出入り口から入ってきた猫は、ふんふんと鼻をうごめかせた。

「えらくいい匂《にお》いがする」

「宅配のピザだよ。沖守さんが、予約しといてくれたんだ」

「へえ！　オコモリさん、気が利《き》きますねえ。うわ、でっけえ箱だ」

「これ、きっとLサイズだな。初めて見た。他にもあるんだよ。ほら」

僕は、大きなテーブルの上を指し示した。

平たくて大きなピザの紙箱の横には、グリーンサラダのパッケージと、フライドポテトとフライドチキンが詰め込まれた紙箱、デザートのエッグタルトの紙箱、それに一リットルサイズのコーラのペットボトルまで。

まさに完璧《かんぺき》なジャンクフード・ディナーだ。

「すげえ。旨《うま》そう。さっそく食いましょうよ」

「うん。冷めたらガッカリだしね。猫、ちゃんと手を洗って」

「わかってますって。はあ、家ん中はいいですねえ。涼しいったらありゃしねえ。昼間は暑すぎて、俺っち、拝殿《はいでん》の屋根の下で煎餅《せんべい》みたいに平たくなってましたよ」

そんなことを言いながら、猫はシンクでじゃぶじゃぶと手を洗う。

僕はコーラを注ぐためのグラスを戸棚から取り出しながら同意した。

「わかる。僕も、庭仕事をした後、まるで潰れたカエルみたいなポーズで寝てた」

「旦那が？　そりゃ見てみたかったたな。猫のときなら、背中に乗っかって寝……あ、いや、暑いからそりゃ勘弁だな。秋か冬にカエルになってくださいよ」

「嫌だよ。でも、二人して街のあっちとこっちでお互い平べったくなってたと思うと、何だかおかしいな。あっ、ここで手を振らないで！　タオル！」

「……へーい」

僕が慌てて差し出したタオルでいかにもしぶしぶ手を拭き、猫はウキウキした様子でテーブルに戻ってきた。

店のテーブルは大きいので、僕は隣り合った席に取り皿とカトラリーを並べ、グラスを置いた。

二人で着席すると、目の前にズラリと美味しい食べ物の箱が並んで圧巻だ。

「俺っちがサービスしますよ」

待ちきれない様子でそう言うと、猫は次々と箱を開けた。さらにいい匂いが辺りに漂う。

「うおー、何ですかね、このピザの上に載っかってんの。四分の一ずつ、具が違うのか」

「こっちはきっと照焼《てりやき》チキンだね。隣がペパロニかな。で、シーフードで、たぶん、マルゲリータ……じゃないかな」

「よくわかんねえけど、全部旨そう。全部いってもいいですかね？」

「勿論《もちろん》。まずはひととおり食べてみようよ」

僕たちは中腰でピザを全種類、取り皿に一切れずつ取った。それだけでも、かなりのボリュームだ。皿の空いた場所に、僕はポテトを、猫は欲張って、ポテトとチキンを取り分ける。

「いただきます」

「いただきまっす。ゴチになります、病院のオコモリさん！」

二人で元気よく挨拶《あいさつ》をして、そのままの勢いでまだ熱々のピザに齧《かじ》り付く。

ふんわりもっちりした宅配ピザ独特のクラストに、気前のいい分量のソースとチーズ、そして一口ごとに違うハーモニーが楽しめる具材たち。

旨い。ジャンクといっても、十分過ぎるほど贅沢《ぜいたく》だ。

「うっめぇえ！　何だこれ、旦那の料理も旨いですけど、これはこれで」

「わかる。これはこれで、無闇にテンションが上がっちゃう感じの旨さ。久しぶりだから余計に旨いな。コーラも飲もうよ」

僕はとても幸せな気持ちで、大ぶりなグラス二つにコーラを注ぎ分けた。

炭酸飲料に対してはまだ若干《じゃっかん》慎重な猫は、一口飲むなり、頬《ほお》から飛び出した長い髭《ひげ》をぶるんと震わせる。

「シュワッ！」

特撮ヒーローのような大袈裟《おおげさ》な声を上げる猫に、僕は笑い出してしまった。

「まだ慣れないわけ？　もうさんざん色んなサイダーを飲んだろ？」

「コーラはまた別もんですよ、旦那。なんかこう、家猫だったガキの頃、腹を下したときに家の奥さんに飲まされた粉薬みたいな味がします。それが口ん中ではじけるんだから、ビックリしますって」

「ああ、コーラは確かにちょっと薬っぽい味がするかも。苦手？」

「あーいや、旨いっちゃ旨いです。ピザによく合うってぇか」

そう言いながら、照焼チキンのピザを旨そうに頬張り、猫はテーブルの上のご馳走《ちそう》を見回した。

「それにしても、オコモリさん、普段からこんなもん食っててんですかね？　婆《ばあ》さんにしては、なかなか強いっすね」

「いや、これは沖守さんの亡くなった息子さんの好物だったみたいだよ。もしかしたら、ピザのチョイスも、息子さんの好きな具材だったのかも」

僕がそう答えると、猫はヒョイと肩を竦《すく》めた。

「思い出の味って奴ですか」

僕は、塩の利《き》いたポテトを口に放り込み、言葉を返した。

「きっとそうだね。沖守さん、僕たちに、旦那さんや息子さんの思い出を共有してほしいんじゃないかな」

「ってぇと？」

「今夜はピザで、明日の夜はバーベキュー用の肉や野菜。亡くなったご家族との楽しい記憶が詰まった懐かしい食べ物を、沖守さんは僕たちに用意してくれた。それから、これも」

僕は、テーブルの端に置いておいた平べったくて小さな紙箱を取り、蓋《ふた》を外して中身を猫に見せた。

四種類の大きなピザをペロリと平らげた猫は、いちばん気に入ったらしき照焼チキンのピザをもう一切れ皿に取り、いかにも猫らしい仕草で指をペロリと舐《な》めながら、僕の手元を覗《のぞ》き込む。

「何です、そりゃ。食いもんですか？」

「違うよ」

僕は苦笑いで、中に入っているものを指先でそっとつまみ上げた。

それは、赤、黄色、青、桃色と色んな色の紙で作られた、長いこよりのようなもの……そう、昔懐かしい線香花火だった。

「息子さんが小さい頃、毎年、たぶん夏休みに遊んだんだろうね。線香花火、知ってる？」

猫は怪訝《けげん》そうに眉根《まゆね》を寄せ、真面目《まじめ》くさった顔つきで首を横に振った。

「街の夜回りをしてるとき、河原でやってる連中を見たことはあります。けど、俺っちはあんな物騒なもんに触ったことはねえですよ。毛皮やヒゲが燃えたら、大変ですから」

「それもそうか。でも、線香花火はそんなに怖いものじゃないよ。火花もそんなに出ないし」

僕はそう言ったが、猫は胡乱《うろん》げに僕と線香花火を交互に見る。

「ほんとでございますかぁ？　バチバチバチッと色んな色の火花が噴き出すんじゃ……」

「違うって。金色の小さな火花が、花が咲くみたいに出るだけだよ。凄《すご》く綺麗《きれい》なんだ。ちゃんと安全なやり方を教えてあげるから、大丈夫」

なおも疑わしそうな様子だった猫だが、好奇心も少し湧いてきたらしく、店の外を指さした。

「飯、食ったらやります？　まずは、旦那《だんな》がやってみせてくださいよ」

「勿論それはいいけど、明日の夜にしないか？　今夜は、明日の店の仕込みをやりたいんだよね。明日はワンオペになるから、できるだけスムーズに調理と接客をこなせるように、いつも以上にしっかり準備しておきたいんだ」

「なるほど。そんじゃ明日の夜。俺っちも、心の準備ってやつをしておきますよ。ってか、オコモリさんが何ですって？　きょうゆう、とか何とか」

「あ、そうそう」

　僕は線香花火の箱を元の場所に戻し、外側がいつになってもやけにカリッとしたポテトを頬張りながら言った。

「僕も猫も、沖守さんの亡くなった旦那さんや息子さんには会ったことがない。だから、共通する記憶とか思い出がないだろ？」

　すると猫は、可哀想《かわいそう》な子を見るような顔で僕を見た。

「そりゃそうでございましょうよ。たとえ幽霊になって出てきたって、こちとらビックリするだけで、思い出までは作れませんもんね」

「まあね。でもさ、僕らが旦那さんと息子さんが好きだったものを食べたり、遊びをしたりすることで、沖守さんの心の中にある思い出と、僕たちの経験が結びつくんじゃないかな」

「むむ？」

「沖守さんが亡くなったご家族の話をするとき、僕は、これまでより少しだけ、沖守さんの心に近い場所に立てるようになるんじゃないかって、そう思うんだよ。今まで以上に、沖守さんの思い出話に寄り添えるっていうか。いや、それはちょっとおこがましいか。だけど……うーん、何て言えばいいか」

猫は、箱に残ったピザをひょいひょいと自分の皿に取りつつ、やはり不思議そうに素直な疑問を口にした。

「オコモリさんは、俺っちや旦那に、死んだ家族のこと、知ってほしいんですかね？　知って、どうなるんですかね？」

「知ってほしいっていうより、ご家族の大切な思い出を分かち合いたいんじゃないかな」

「わっかんねえなあ。どうしてです？」

盛んに首を捻《ひね》る猫の気持ちはよくわかる。僕だって、確信があるわけではない。

でも、沖守さんからこの「お泊まり」の提案を受けて以来、自分なりにいろいろ考えて辿《たど》り着いた推測を、僕は言葉にしてみた。

「思い出話をするだけじゃ、時間はそこで止まったままで動かないだろ？　でも、思い出と地続きのところに僕らの経験があれば、僕たちの会話は前に進んでいく。思い出は過去のものってだけじゃなく、今に続くものになるだろ。そういうことなのかなって、僕は勝手に思ってる」

猫は、ピザと僕の言葉をしばらく一緒くたに噛《か》みしめていたが、やがてピザを飲み下し、コーラを一口飲んでから、ぽつりと言った。

「何したって、死んだ奴は生き返りませんけどね」

雑に放り投げるようなその言葉には、妙な重みと、何となく感じられる苦さのようなものがある。

僕なんかよりうんと長く生きていた猫には、懐かしいことも、思い出したくないことも、きっとたくさんあるのだろう。

そんな猫に、僕が反論したところで、ただただ薄っぺらい言葉を重ねることになるだけだ。だから僕は、自分の正直な気持ちを告げてみた。

「とにかく、僕は沖守さんが好きだから、沖守さんが大好きな人たちのことも、知りたいと思う。沖守さんを大事に思うのと同じように、沖守さんの亡くなったご家族のことも、大事に思えるようになりたいよ」

ふうん、というのが、猫の反応だった。

薄い、というか、あまりにもシンプルなリアクションではあるが、僕としては、せっかくの特別なお泊まりの夜に、これ以上の言い合いをせずに済むのはありがたい。

猫もまた、同じ気持ちだったのかもしれない。

「あ、サラダも食べなきゃ」

僕の下手《へた》すぎる話題転換に、彼もまた、「サラダは旦那に全部あげますよ。そのかわり、そっちの美味《おい》しそうなデザートは、俺っちが二つ食ってあげましょう」と、いつものとぼけた調子で乗ってくれたのだった。


その夜、僕たちは初めて、同じ部屋、隣り合わせたベッドで、眠ることになった。

「うわー、ふっかふかの布団に、人間の姿で潜り込むのは、さすがに初めてですよ。なんかソワソワしますね」

僕が貸したパジャマを着込み、僕の真似《まね》をしてベッドに横たわり、顎《あご》の下まで布団を引き上げた猫は、何とも落ち着かない様子でそう言った。

「僕も、環境がよすぎてちょっと落ち着かない。でも、ぐっすり眠れそうな気がするよ。猫は？　人間の姿のままで眠れる？　それとも、猫の姿に戻っちゃう？」

「どうでございましょうねえ」

猫は布団から両手を出してうーんと伸びをして、きしししし、と変な笑い方をした。

「寝ちまったら、勝手に猫の姿に戻っちまう気もしますけど、まずいですかね？」

僕はちょっと考えて、首を横に振る。

「いいんじゃない？　問題があるとしたら、布団に猫の毛がつくくらいかな。でも、それはコロコロをかければどうにでもなるし」

「そっか。そんじゃ、気にせず寝ますかね。ああ、人間様はいつもこんな素敵な寝床で寝てるんですか」

「いや、僕んちの煎餅布団はもっと過酷《かこく》だよ」

「夢がないですねえ」

ベッドに寝たまま、猫とそんな会話をするのが何となくくすぐったい。

まるで、猫とちょっとした小旅行をしている気分だ。

猫は、ふかふかの大きな枕に何度も頭を沈めたり浮かせたり、横向きになったりうつ伏せになったりしてしばらく楽しんでから、やっと満足したらしく仰向《あおむ》けに戻った。

「はー、こりゃ極楽だ。旦那、俺っち、興奮して寝られないかもしれません」

「寝てくれよ。僕は明日、ひとりで店を開けなきゃいけないんだから」

「けど、寝るのが勿体《もったい》ないですよ。こんなふかふか」

「明日の夜もあるだろ。今夜は寝ようよ」

「旦那はクールですねえ」

不満顔でそう言いつつも、僕が欠伸《あくび》をすると、猫はいかにもしぶしぶ、「そんじゃ、寝るとしますか」と言ってくれた。

「うん、寝よう寝よう。じゃあ、灯りを消すよ？」

「はーい」

猫がいい返事をしたので、僕はいったんベッドを出て、壁際のスイッチで部屋の中央にあるシャンデリアを消灯した。枕元のスタンドは点けたままなので、ベッドに戻るのに苦労はない。

再び薄手の夏布団に潜り込み、僕は今度はスタンドの灯りも消した。

窓に分厚いカーテンを引いているため、室内はほぼ真っ暗になる。

「よく眠れそう。おやすみ、猫」

「こんな挨拶《あいさつ》を人間相手にすんのも、思えば初めてですね。おやすみなさい、旦那」

自分から寝ようと言いだしたくせに、僕は闇の中で、しばらく目を開いたままでいた。

横に猫が寝ていると思うと、何だかつくづく不思議で、眠さが薄らいでしまった感すらある。

(いや、明日はうんと頑張らなきゃいけないんだから)

自分自身にそう言い聞かせ、目を閉じても、耳は猫のほうに向けられたままだ。

猫はどんな寝息を立てるんだろう。寝言なんて、言ったりするんだろうか。

そんな興味が後から後から湧き出して、ワクワクしてくる自分に呆《あき》れ返る。

(どうしよう。こんなことで眠れないなんて、子供みたいじゃないか。寝なきゃ)

焦れば焦るほど、眠気はみるみる遠ざかり、温まりすぎた夏布団が煩《わずら》わしくさえなってくる。

そんなとき、静かな猫の声が聞こえた。

「あのう、旦那。まだ起きてます？」

「起きてるよ。何？」

猫もまだ起きていた。それに必要以上にホッとして、僕は我ながら張り切った声を出してしまう。

そんな僕とは対照的に、猫は静かな、そしていつもの彼らしくない、どこか歯切れの悪い口調でこう言った。

「俺っち、ちょいと考えてたんですけどね」

「うん？　何を？」

「あの、ほら、アレです。明日の夜に食う予定の、肉だの野菜だの、旨《うま》そうなやつ」

「うん。美味しそうだったよね。バーベキューは無理だけど、明日の夜、ホットプレートで焼こうよ」

僕がそう言うと、猫は意外なことを言い出した。

「旦那は、どうしても明日の夜に食いたいですか？　俺っちはまあ、もうちょっとだけ先でもいいかなあ、なんて思うんですけどね。そのう、もうちょっとだけ。一日くらい」

どうでもよさそうな口ぶりで、ごく控えめに猫が打ち出してきた自己主張、もとい提案に、僕は自分の口許《くちもと》が緩《ゆる》むのを感じた。

猫は猫なりに、夕食のときに僕がした話について、今までずっと考えていたのだろう。

「どうしてそう思うの？」

訊ねてみると、短い沈黙の後、猫は答えた。

「俺っちは猫だから、人間の考えることはよくわかんねえです」

「うん」

僕も短い相づちを打つ。暗がりの中、お互いの顔がハッキリ見えないまま話し続けることの感じは、まるで修学旅行やキャンプで、消灯時間が過ぎても布団の中で友達とお喋《しゃべ》りを続けた、あのときのようで懐かしい。

「けどまあ、オコモリさんはいい人だし、オコモリさんが昔話をしたいなら、俺っち、聞くのはやぶさかじゃねえです。旦那もそうでございましょ？」

「うん」

「オコモリさんの死んだ旦那や倅《せがれ》の思い出が、俺っちと旦那の今日明日のことと結びつく……ってのも、よくわかんねえですけど、そんならそこに、オコモリさんの今も結びつけちまったほうが、話が早いんじゃねえかと思うんですよね、俺っち」

「うん？」

「だから……その、肉とか野菜とか、あと花火とか」

「うん」

「オコモリさんも交ざりゃいいと思うんですよ。だから、一日くらい、延ばしてもいいんじゃねえかなって。ねえ？」

　猫の不器用な優しさが伝わってきて、僕の口角は勝手に上がっていく。

「うん。僕もそう思う。猫がそう言ってくれて、嬉しいよ」

「なんだ、旦那もそう思ってたんですか？　だったら、旦那が言い出してくれりゃよかったのに」

「どっちが言い出してもいいだろ？　わかった。明日の夕方にでも、沖守さんに電話してみるよ。明後日、沖守さんが退院してきたら、夕方まで家でゆっくり休んでもらって、それから退院おめでとうパーティをささやかにやりませんかって。勿論《もちろん》、沖守さんの体調次第だけど、無理そうだったら延期してもいいし。野菜はともかく、肉は冷凍しておけば保つからね」

「んじゃ、明日は」

「明日は、店を閉めた後、何か材料を買ってくる。リクエストは何か……」

すると、間髪《かんはつ》を容《い》れず、元気な答えが飛んできた。

「生魚！」

「……刺身だね。わかった」

「マグロなんかがいいですね。赤身が特に。カツオでもまあいいです」

「……わかった。とにかく、今夜はもう寝よう」

僕がそう言うと、猫は素直に「寝ましょう」と応じてくれた。

やれやれ。夕食のときの何とも歯切れの悪かった話が、どうにか上手《うま》く着地して、ホッとすると同時に眠気が戻ってくる。

僕は小さな欠伸《あくび》をして、目を閉じた。

そうだ、明日、夕食の買い物に出るときに、沖守さんの退院祝いの花を買ってきて、玄関に飾ることにしよう。

何の花がいいだろう。どうせなら、僕と猫、ふたりからにしたいから、朝になったら、猫に相談してみるとするか。

そんなことをあれこれ考えていたら、隣のベッドから、安らかな寝息が聞こえ始めた。

軽く身を起こして隣のベッドを見やると、猫はまだ人間の姿のまま、枕を抱え込んで気持ちよさそうに熟睡している。

羨《うらや》ましいような寝付きのよさだ。

それにしても、朝まで人間の姿のままでいるか、あるいは、途中で呆気《あっけ》なく本来の姿に戻ってしまうのか。

ちょっと彼の寝姿を見守っていたいような気もするが、僕の瞼《まぶた》も加速度的に重くなっていく。

「おやすみ、猫」

ごく小さな声でそう言って、僕も再び、雲のようにふんわりした枕に頭を預けた……。

三章

庭の落ち葉に思うこと

「よい……っしょと。夏から今まで、『店の顔』になってくれて、ありがとな」

感謝の声をかけつつ、僕は「山猫軒《やまねこけん》」の扉の横で、ずっと大輪《たいりん》の花を咲かせ続けてくれたタイタンビカスの大きな鉢《はち》を、両手で抱え上げた。

昨日、最後の花を咲かせた彼か彼女の今年の仕事は、これで終了。

あとは、庭の日当たりのいい場所で寒くなるまでの日々をのんびり過ごしてもらってから、冬越しのための手入れをすることになる。

ちょっと残酷《ざんこく》な気がするけれど、そのときには、僕の背丈より高く伸びた太い茎《くき》を、地表近くでバッサリ切ってしまわなくてはならない。

そうしたら、来年はまた新しい芽を吹いて、沖守《おきもり》さんの顔と同じくらい大きな花を見せてくれるはずだ。

(とはいえ色々不安だから、あとで手入れのやり方を再確認しよう)

鉢を置いてあった場所を綺麗《きれい》に掃除《そうじ》してから、僕は店に戻った。

時刻は午後二時前。ちょうどランチタイムとティータイムの端境《はざかい》にあたる、たいていとても暇な時間帯だ。

今日もお客さんが途切れたので、店のカウンター席では、オーナーの沖守さんがちくちくと針仕事中だった。

「少し傷んできたから、修繕《しゅうぜん》してあげないとね」

沖守さんの手元には、ハロウィンのトレードマーク、ジャック・オー・ランタンをつなぎ合わせた長いリースがある。

毎年、十月になると、それが店の壁に飾られ、シックにハロウィンの雰囲気《ふんいき》を演出してくれるのだ。

確かに、フェルトで作られたジャック・オー・ランタンの中には、少し縁がほつれ、中の綿がはみ出してしまったものがある。

沖守さんは、オレンジ色の糸を通した針をスッスッと迷いのないスピードで動かし、小さなカボチャの縁を細かくかがっていく。見事な手際《てぎわ》だ。

「さすがですね」

僕が感心すると、視線を上げた沖守さんは、少女のようにはにかんだ笑みを浮かべた。

「針仕事は好きなのよ。今は老眼で細かいことがあまりできなくなってしまったけれど、若い頃は、息子のお洋服に刺繍《ししゅう》をしたり、アップリケを縫《ぬ》い付けたりしたものだわ」

「あ、そういえば、僕の母親も、幼稚園のスモックにアップリケをつけてくれました。他の子のと間違えないようにって、大きなリンゴを、このへんに」

シャツの胸元を押さえて僕がそう言うと、沖守さんは楽しそうに笑った。

「どこのお家も同じね。うちの子は、黄色い自動車をご所望《しょもう》だったわ。そうだ、坂井《さかい》さん、繕《つくろ》ってほしいものがあったら、お持ちなさいよ。靴下《くつした》の穴かがりでも、シャツのボタンつけでも、して差し上げるから」

いつもながら寛大な沖守さんの申し出に、僕は慌てて両手を振った。

「いえ、そんなことまでお願いするわけには。ボタンつけくらいは、どうにかこうにかやれますから」

「まあ。お裁縫箱《さいほうばこ》をお持ちなの？」

「小学校のとき、家庭科の授業で使ったものをまだ持ってるんです。さすがに、糸だけは買い足しましたけど」

僕が答えると、沖守さんは懐かしそうに目を細めた。

「ああ、そういえば、息子もプラスチックのお裁縫箱を持っていたわね。今もお使いだなんて、ずいぶん物持ちがいいこと。じゃあ、靴下もご自分で？」

「あ……えっと、恥ずかしながら、靴下は、穴が空いたら処分してます。安い靴下をまとめ買いするので」

「そう、今の人はそうよね。でも、何かあったら本当に遠慮《えんりょ》せずに持っていらっしゃい。ズボンの裾上《すそあ》げでも何でも。私はちっとも苦にならないのよ。むしろ楽しいことなんだから」

沖守さんはちょっと残念そうに、それでもあっさり引き下がってくれた。

僕はホッとしつつ厨房《ちゅうぼう》に入り、戸棚《とだな》から、沖守さんが掃除用にストックしている古いバスタオルを二枚、取り出した。

「あら、お掃除？」

「いえ、タイタンビカスの鉢を片付けて場所を空けたので、アレを置こうと」

「ああ、アレね！」

すぐに思い当たったようで、沖守さんはすぐに針を卓上に置いて、立ち上がった。

「じゃあ、それは私が敷きましょう」

カウンター越しに手を差し出してくれた沖守さんにバスタオルを渡すと、僕は厨房の床にしゃがみこみ、両手であるものをそろりと持ち上げた。

「よい、しょっと……」

「気をつけてちょうだいよ。お手伝いしましょうか？」

「いえ、ひとりで大丈夫ですから」

「そう？　じゃあ、扉は開けておくわね。ゆっくりどうぞ」

「はい、そこでお願いします」

沖守さんに続いて、僕は慎重な足取りで店の外に出た。

両手でしっかり抱えているのは、西瓜《すいか》より一回り大きなサイズのオレンジ色のカボチャだ。

「さあ、タオルを敷きましたよ」

沖守さんに見守られつつ、僕はカボチャを抱えたまま腰を落とした。

何しろ、皮がするすると滑らかなので、ちょっと力を抜くと手からすり抜けてしまいそうで、最後の瞬間まで気が抜けない。柔らかなバスタオルの上にカボチャを無事に落ちつかせると、思わず本音が漏《も》れた。

「緊張した。落としたらどうしようかと思いました」

「大仕事だったわね。お疲れ様」

沖守さんはまだしゃがんだままの僕の肩を、優しく擦ってくれる。

「無事に移動が完了してよかったです。せっかくみんなで一緒に頑張った作品ですから、ここで壊すわけにはいきませんし」

僕は立ち上がり、沖守さんと並んで、惚《ほ》れ惚《ぼ》れとカボチャを見下ろした。

「とっても素敵だわ。そう思わない？」

そんな沖守さんの弾んだ声に、僕も「本当に」と心からの相づちを打つ。

サイズといい鮮やかなオレンジ色といい、見事としか言い様のないカボチャは、「山猫軒」の常連さんが家庭菜園で育てたものだ。

「今年初めて納得のいくカボチャができたので」と持って来てくださったそれを使って、沖守邸のお向かいの家に住む小学二年生のあんなちゃんが店に遊びに来た一昨日、三人でジャック・オー・ランタンを作った。

勿論《もちろん》、カボチャ細工《ざいく》については初心者揃いなので、まずは僕が製作動画を検索し、三人でタブレットを取り囲むようにして、何本かチェックしてみた。

そこから、作りやすそうな方法をピックアップし、実際に行った手順は……。

まず、カボチャのヘタを中心として、楽に手が入るサイズの丸い穴を開け、そこから種とわたを大きなスプーンで掻《か》き出す。

この作業をできるだけ几帳面《きちょうめん》にやるのが、ランタンを美しく仕上げるコツらしい。ついでに、底の部分は果肉も少し削《けず》り、平らな面を作っておくと、灯りを立てるのが簡単かつ安全になる。そんな経験者の知恵をサラリと得ることができるのが、動画の素晴らしいところだ。

そうして準備ができたカボチャに、沖守さんとあんなちゃんがデザインした「ジャック・オー・ランタン」の顔のパーツの型紙をバランスよく貼り付け、あとは、店にある中でいちばん小さなペティナイフで、型紙の縁のラインどおりにくり抜いていけば完成という流れになる。

正直、鋭利な刃物を使う作業はあんなちゃんにはさせられないし、心臓の悪い沖守さんには力仕事は禁物だ。

振り返ってみれば、工程のほとんどを僕がやったような気もするが、カボチャの中身をくり抜くのと、顔の型紙を作るのとで、二人とも大盛り上がりで楽しそうだったのでよしとしよう。

昼間はただ置いておくだけだが、夕方になったら、灯りを入れるつもりだ。

もっとも、本物のキャンドルは不慮《ふりょ》の事故が起こると大変なので、代わりにLEDのキャンドルライトを用意した。

偽のキャンドルといっても、明るさが刻々と変わって、まるで炎が揺れているように見える優れものだ。高さが違うのを何本か入れれば、きっといい感じになるだろう。

「タイタンビカスの最後の一輪が咲くまで待たせちゃった分、今日からは、ジャック・オー・ランタンにうんと頑張ってもらって、お客さんをお迎えしてほしいですね」

「そうね。今年はお祭りをパスさせていただいたから、せめてハロウィンの設《しつら》えで、お客様に秋を感じていただきたいわ」

沖守さんは、まだ少し残念そうにそんなことを言った。

そう、去年は町の自治会長であり、この店の常連のひとりでもある宮本《みやもと》さんのたっての頼みを聞き入れ、沖守さんは、秋祭りへの参加を決めた。

具体的にいうと、いわゆるオープンガーデンだ。

お屋敷の庭を一般に開放し、テーブルや椅子《いす》をそこここに設置して、いつもは「山猫軒」で提供している飲み物や、店の名物の「和キッシュ」、通称「オコモリキッシュ」はじめ、ちょっとした軽食を楽しんでもらおうという趣向だった。

当日は晴天に恵まれ、たくさんのお客さんが来てくれて、沖守さんも「この家にこんなに人がいらしたのはいつぶりかしら」と嬉しそうにしていた。

しかし今年は、沖守さんが八月に体調を崩したこともあり、僕たちは大事を取って、お祭りへの不参加を決めた。

七月の検査入院では特に問題が見つからず胸を撫《な》で下ろしたのも束の間、八月の猛暑がたたって、沖守さんは数日にわたり寝こんでしまったのである。

すわ心臓が、と僕は慌てたけれど、往診してくれたかかりつけのドクターによれば、軽い熱中症ということだった。

沖守さんは自宅からほとんど出ないし、居室にはエアコンが適度に効いているのにと、僕だけでなく沖守さん本人も驚いていたが、それでも熱中症になるときはなるのだそうだ。

幸い、彼女は点滴《てんてき》を受けて思いのほかスムーズに回復したものの、まだ昼間はうっすら汗ばむような日もある今、お祭りに参加するのは無謀《むぼう》というものだろう。

沖守さんだけでなく、僕もとても残念だったけれど、やはり彼女の健康が第一だ。

来年こそきっと……と言い合って、今年はグッと我慢の時を過ごすことにした。

そんなわけで、少し寂しい秋になってしまった分、店をハロウィンの設えで賑《にぎ》やかにすることに、いつもより気合いが入っている僕たちなのである。

「あんなちゃんにはせっかくだから、暗くなって、灯りを入れてからのジャック・オー・ランタンを見てもらいたいですね。そっちのほうが本領発揮って感じがしますし」

僕がそう言うと、沖守さんはにっこりして同意してくれた。

「そうね！　お電話して、お誘いしてみるわ。お夕食前に、ちょっと見にいらっしゃいませんかって」

「よろしくお願いします。じゃあ、僕は仕事の合間に、何かお土産《みやげ》になりそうなお菓子でも作りましょうか」

僕の申し出に、沖守さんは小さく手を叩いて同意してくれる。

「素敵。そうね、わざわざご足労《そくろう》いただくんだから、お土産はあったほうがいいわよね。

それで、何を作ってくださるの？」

　意外とせっかちな沖守さんの質問に、僕は焦って弁解めいた返事をした。

「あっ、いえ、今思いついただけなんで、具体的には何も。それに、その、手持ちのもので作るしかないので、選択肢《せんたくし》はそんなに……。ええと、たとえば」

「たとえば？」

「うっ。咄嗟《とっさ》に思いつけないです。何かアイデアはありませんか？」

「あら、私頼み？」

「お菓子の知識においては、沖守さんにはとてもかなわないので」

　正直に白旗を揚《あ》げた僕に、沖守さんは可笑《おか》しそうな様子で少し考え、提案してくれた。

「ランチの残りの食パンがあるんだから、パンプディングなんかどうかしら。カスタードを作るための牛乳と卵と砂糖なら、たっぷりあるでしょう？」

　僕は、感心して思わずポンと手を打った。

「ああ！　確かに、それなら何とかなります。なるほど、パンプディングなら、今夜食べなくても、明日の朝ごはんにもなりますし」

「ええ、我ながらいいアイデアだと思うわ。レーズンはあるかしら？　入れるとさらに美味《おい》しくなるものだけど」

「あ、どうでしょう。ちょっと見てみます」

僕は「お客さんのお迎えは頼むぞ」とカボチャのてっぺんをちょんちょんとつついてから、店に戻った。沖守さんも、とことことついてくる。

食品庫を開けて乾物の棚《たな》をチェックした僕は、カウンター席に戻って繕《つくろ》い物を再開した沖守さんに言った。

「残念ながら、レーズンはないですね」

「この店ではあまり使わないものねえ」

「はい。ドライカレーのときくらいでしょうか。やっぱり、パンとカスタードだけじゃ心《こころ》許《もと》ない……というか、変化がなさ過ぎて、途中で飽きちゃうかもしれませんね。少しくらい季節感もほしいし。他に何かあったかな」

僕がガサゴソと戸棚を漁《あさ》っていると、小さなジャック・オー・ランタンたちを繕いながら、沖守さんがふとこう言った。

「そうだわ。カボチャなんてどうかしら」

僕はビックリして、戸棚に突っ込んでいた頭を引っ込め、沖守さんを見る。

「カボチャですか？　確かに今日、サラダに使った残りがありますけど、パンプディングに、カボチャ？　パンプキンプリンではなく？　ああいや、パンプキンプリンを作るほどは、カボチャは残ってないか……」

　戸惑う僕に、沖守さんはどこか懐かしそうに虚空を見てこう言った。

「パンプディングに、カボチャを入れるのよ。大昔、私が子供時代に、母が作ってくれたパンプディングがそうだったの」

　僕はたちまち興味をそそられ、戸棚の扉を閉めて、カウンター越しに沖守さんと向かい合う。

「お母さんが?」

　沖守さんは、ちょっと遠い目をして微笑《ほほえ》んだ。

「ええ。戦後のまだ食べ物が豊かとは言えない時代だったから、母は、栄養のあるものを家族に食べさせようと、色々工夫《くふう》してくれてね。硬くなってしまったパンがあって、庭で飼っていたニワトリたちが卵を多めに産んだときには、牛乳屋さんへお買い物にやられたものよ。なみなみと牛乳が入った大きなガラス瓶《びん》を大事に抱きかかえて、大急ぎで帰ったわ」

「牛乳屋さんに、わざわざ?」

「ええ。当時の牛乳は、置いておくと上にクリームの層ができて、それをすくって食べると、本当に濃厚で甘くて、美味しかったのよ。特別なご馳走《ちそう》だったわね」

「へええ。生クリームが分離する感じですかね」

「きっと、そうだったんでしょうね。材料が揃うと、母は牛乳と卵とお砂糖でカスタードを作って、蒸し器でパンプディングを作ってくれたの。今みたいにオーブンがなかったから、焼き色をつけることはできなかったわね。最初はシャバシャバのソースが、パンに染み込んでプルプルに蒸し上がるのが不思議で、素敵で、夢のように美味しかった」

沖守さんは話し上手なので、聞いていると、少女時代の彼女が、出来上がった熱々のパンプディングを幸せそうに頬張《ほおば》る姿が自然と目に浮かぶ。

きっと色々なことが今とは違ったであろう昔のお菓子作りに興味津々《しんしん》で、僕は質問を繰り出した。

「なるほど。硬くなったパンに甘いカスタードソースを染み込ませて蒸す……のはわかります。確かに美味しそうですけど、そこにカボチャを？」

沖守さんは、やはり懐かしそうに優しい目を細めて頷《うなず》いた。

「食べ盛りの子供をお腹いっぱいにしようと思うと、かさ増しが必要でしょう？　果物があるときは、リンゴなんかを薄く切って入れてくれたけれど、何もないときは、庭の畑でよく採れたカボチャを使っていたの」

「どんな風にですか？」

「サイコロくらいの大きさに切って、バターでこんがり炒《いた》めてから、パンの上に散らしてあったわ。バターの風味でカボチャが香ばしくて甘くて。煮物はあきあきしていても、パンプディングに入っているコロコロのカボチャは美味しかったわねえ。ああ、今も思い出す。あつあつを吹き冷ます時間も惜しくて、大きなスプーン片手に、夢中になって平らげたものよ。器《うつわ》に顔を突っ込みそうな勢いだったんじゃないかしら」

今はもっと優雅だし小食だけれど、それでも沖守さんは十分過ぎるほど食いしん坊だ。だから、子供時代の元気な食べっぷりを思い浮かべるのは少しも難しくない。

「可愛《かわい》いなあ」

思わずそんな正直なコメントが口をついて出てしまい、僕は慌てて言葉を足した。

「あっ、その、小さかった沖守さんの姿をつい想像してしまって。で、でも、今、昔のことを思い出している沖守さんも、失礼ながら、その、可愛い……」

「お若い殿方《とのがた》に、過分なお褒《ほ》めを頂いてしまって、光栄ね」

こんなときに、クールでスマートな返しができるのは、やはり年の功なのだろうか。

むしろ僕がなんだか恥ずかしくなって、アワアワしてしまう。

「す……すす、すみません、つい」

すると沖守さんは、ちょっと困った笑顔でフォローしてくれた。

「いやね、冗談よ。褒められた照れ隠しに、からかってみただけ。でも、もし、私の懐かしの味を再現してくださったら……それを、あなたやあんなちゃんみたいな、今と未来を生きる人たちが気に入ってくださったら、私だけでなく私の亡き母も、きっと嬉しいと思うわ」

そんな風に言われて、気合いが入らないわけがない。

僕はさっそく、冷蔵庫から卵と牛乳、それに中途半端に残ったカボチャを取り出し、猪《いの》田《だ》さんの食パンの横に置いた。

「カボチャだけだと、お土産《みやげ》と僕たちの分を作るには量的に不足かもしれないので、サツマイモも同じようにして入れましょうか」

「いいわね！『秋のパンプディング』って感じ。楽しみだわ。そろそろお茶の時間だし、お客様もいらっしゃる頃でしょう。熱々のパンプディングを一口ずつ試食していただくのはどうかしら」

「いいですね」

こういうときの沖守さんは、一秒の猶予《ゆうよ》すら勿体《もったい》ない、早くしようという気配を全身から発している。普段がのんびりゆったりしているだけに、この落差が、僕はいつも面白くてたまらない。

ともすれば命にかかわるような病気を抱えていても、好奇心の塊《かたまり》のような沖守さんからは、まさに生命力と呼びたい強いエネルギーが感じられて、僕は無性に嬉しくなってしまう。

「よーし、じゃあ、ティータイムのお客さんがいらっしゃる前に、準備をやっつけてしまいます！」

「私も、繕い物を早く済ませて、この可愛いカボチャさんたちをお店に飾ってしまいましょう」

僕たちは互いに頷き合い、よーいどんで作業に取りかかったのだった。

「……ってわけで、今日はお裾《すそ》分《わ》けのデザートがあるよ」

夕食のあと、僕が台所から持ってきた密封容器に、猫はクリクリした瞳を輝かせた。

「マジですか！　さすが旦那《だんな》。旨《うま》そうな話だけ聞かされて、腹が減るばっかかじゃねえかって思ってましたよ」

今夜もいつものジャージ姿でやってきた彼は、これまたいつもの卓袱台《ちゃぶだい》の前で胡座《あぐら》をかいて、そんなことを言った。

僕は自分の座布団に腰を下ろしながら、思わず苦笑いする。

「たった今、ジャンボシュウマイと茄子《なす》の天ぷら、それにほうれん草のおひたしとご飯二膳《ぜん》をペロッと食べたのは誰だっけ」

「俺っちですけど、『デザートは別腹』ってのは、人間界の有名な諺《ことわざ》なんでございましょ？」

「それ、確かに有名だけど、諺じゃないことだけは確かだよ。何故かどの世代の人も、特に女性は口にするけど、そんなわけないと思うけどなあ」

「そうですかぁ？　猫的には、旨いもんは何だって別腹ですけどね」

「そういうもの？」

そんなくだらないやり取りをしながら、僕は電子レンジで温め直したパンプディングを、大きなスプーンで密封容器から二つの器に盛り分けた。

仕上げに練乳《れんにゅう》をたらりと掛け回し、一つを猫の前、もう一つを僕の前に置く。

「さ、どうぞ。沖守さんが子供の頃に、お母さんが作ってくれた懐かしのパンプディングだよ。今日はカボチャとサツマイモ入り。最後にかけるのは、当時はきまって『鷲印《わしじるし》』の練乳だったらしいけど、手持ちがなかったから今日は『雪印《ゆきじるし》』で」

「レンニュー？　なんだか懐かしい匂《にお》いがしますねえ」

器に顔を近づけ、猫はふんふんと用心深く匂いを嗅《か》いだ。人間の姿のときも、そういう仕草はとてつもなく猫っぽい。

「牛乳と砂糖を煮詰めて作る、トロトロのソースみたいなものだよ。苺《いちご》にかけても美味《おい》しい」

「へええ。牛乳か。それでなんだか、俺っちも昔を思い出すんですかね」

「子猫時代？」

「そうそう、俺っちのいたいけでキュートな時代ですよ。そんじゃ、いただきます！」

猫はスプーンを取ると、たっぷり吸い込んだカスタードでぷるぷるになったパンを気前よく掬《すく》い、頬張った。

「あっ、旨《うめ》えですね、これ！　ふわっふわのプリプリだ」

「素朴《そぼく》だけど、美味しいよね」

僕も、実は本日二度目のパンプディングを口に運んだ。

数時間前、試作したばかりのときよりなお、パンとカスタードの馴染《なじ》みがよくなっているようだ。蒸されてとろけるような食感になったパンと、ぷるんと柔らかく固まったカスタードが、どこまでも優しく調和している。

その中で、バターの風味と香ばしさをまとった角切りのカボチャとサツマイモが、味の上でも食感の上でも、いいアクセントになっている。

カスタードの甘さを控えたので、練乳の甘さがすべてを包み込む感じなのも、どこか懐かしくてとてもいい。

「お店にティータイムに来たお客さんにもサービスで一口ずつ出して、好評だったんだ。秋のスイーツメニューに入れてもよさそう。どう思う？」

猫はムシャムシャと本当に別腹感全開でパンプディングを平らげながら、うんうんと盛んに頷《うなず》いた。

「いいと思いますよ。俺っち、これ好きです。これなら、歯がアレな年寄り連中だって食えるだろうし」

「言い方！　でもまあ、そういうところもなくはないな」

「でしょ。けど、これを大昔に作るたぁ、オコモリさんのお袋さんは、えらくハイカラですねえ」

「ホントだよね。それに、今どきの子供にも受け入れられる味みたい。店のお向かいに住んでるあんなちゃん、店で試しに一口食べて、ほっぺを両手で押さえてジタジタしてた。沖守さんがそれを見て大喜びしてたよ。僕も嬉しかったな。小さなバットひとつ分、しっかりお持ち帰りしてくれた」

「そうでしょうとも。俺っち的には、芋《いも》とかカボチャとかじゃなくても、こう、肉とか魚とかをちりばめていただいてもよろしいんですけどねえ」

　いかにも猫らしい希望に、僕はストレートに呆《あき》れてしまった。

「それじゃ、デザートにもスイーツにもならないだろ。むしろそういうのはグラタン……そうだ、もうちょっと寒くなったら、久しぶりに海老《えび》グラタンでも作ろうか」

「あっ、それそれ！　グラタン！　ありゃいいもんですねえ。焼きたてでさえなけりゃ」

「グラタンは、焼きたて熱々が最大のアピールポイントなの！　確かに猫舌には過酷《かこく》かもだけど。そういや、去年も一昨年も、お前、焦って早く食べようとして口の中を火傷《やけど》してたっけ」

「そうですとも。旨いのに全然冷めないんですよ、あいつ。旦那の技術革新が待たれるところですね」

　猫は涼しい顔でそんなことを言いながら、スプーンで器《うつわ》の縁まで綺麗《きれい》にこそげて、パンプディングの最後の一口を楽しむ。

「技術革新なんて言葉を使いこなす猫なら、まずは自力で猫舌を何とかしてくれよ。熱くないグラタンも、すぐ冷めちゃうグラタンも、人間にとっては魅力的じゃなさすぎて無理だから！」

「そうなんでございますかぁ？　旦那の叡智《えいち》をもってしても？」

「無理ったら無理。叡智なんてほどのものは持ち合わせがないから、余計に無理！」

「ええー。俺っち、今夜は旦那の叡智を借りようと思ってたんですけどね」

猫はそんなことを言いながら、僕が食べかけのパンプディングをじっと見る。

その、あまりにも意図がわかりやすい熱い視線に負けて、僕は自分のパンプディングの器を猫のほうへ押しやった。僕自身は本日二度目なので、もうさほど執着はない。

「おっ、何も言わないうちから恐縮、恐縮」

「何も言われなくたって、その目つきだけで十分伝わったよ。食べかけで悪いけど」

「食べかけだって、旨いもんに変わりはないですよ」

嬉しそうにパンプディングを食べる猫に、僕は食後の熱いお茶を飲みながら訊ねた。

「それで、叡智が何だって？　それは、『お知恵を拝借』程度のニュアンス？」

「ビンゴ！　旦那はやっぱり冴えてますねえ。それ、それが言いたかったんですよ」

「お褒《ほ》めに与《あず》かり、こっちこそ恐縮だけど、それで、何？　何か、悩みでもあるの？」

ちょっと心配になって僕がそう訊ねると、猫はむしろ面白そうな顔で僕を見た。

「俺っちに、悩みがあるように見えます？」

僕は即座に、かつ正直に、首を横に振る。

「いや、特に。じゃあ、何なんだよ？」

「実はですねえ……や、ちょっと先にこいつをやっつけちまいますね」

本当に気に入ったらしい。猫は二杯目のパンプディングをたちまち食べ尽くし、自分の湯呑《ゆの》みを指先でちょいと触って、大袈裟《おおげさ》に顔をしかめた。まだお茶が熱いことをそんな方法で知った彼は、指先をさすりながらこう言った。

「お社《やしろ》のことなんですけど、ちっと気になってんですよ、この二日ほど」

お社というのは、猫が根城にしている叶木《かのうぎ》神社のことだ。僕は興味と心配が半々で、猫のほうに軽く身を乗り出した。

「神社がどうかした？　猪田さんに何かあったの？　それともまさか神様？」

猫は首を横に振った。

「いや、お社がどうってわけじゃねえんです。猪田の孫も、ここしばらくはお社で寝泊まりはしてねえですし。ただ……」

「ただ、何？　ハッキリ言えよ」

「ちょーっと薄ら気持ち悪い奴が来たんですよ、お社に」

そう言うと、猫は両手を胸の前でヒラヒラさせ、うんと猫背《ねこぜ》になってみせた。まるで幽霊のようなポーズだ。

僕はちょっと薄気味悪くなって、猫のほうに傾いていた上半身を元に戻した。

「えっ、何だよ。夏でもないのに、怪談？　幽霊話？」

「違いますって。こう、なんか覇気《はき》のない、ぐんにゃりした男が来たんですよ。一昨日の夜と昨日の夜、ぶっ続けで」

「何だ、生きてる人の話か。何時頃のこと？」

「俺っち、時計なんぞ持ってませんから、よくわかんねえですけど。ここからお社に帰って、腹いっぱいで気持ちよーくひと寝入りしてたときです」

「だったら、十時か十一時か……そのあたりかな」

「そんなもんですかね。とにかく、普通じゃ誰も来ねぇ頃合いですよ」

「そうだろうな。叶木神社の境内《けいだい》、夜になると暗くて怖いもんな。それで、その男の人が、何したの？」

猫は大袈裟な顰《しか》めっ面《つら》をして、片手でゴシゴシと顔を擦った。驚くほど猫っぽい仕草だが、実際、本体は猫なので、彼にとってはごく自然な仕草なのだろう。

「ひとりでふらーっとやっと来て、一昨日は、なんか熱心に拝んでたんですよ。俺っち、拝殿《はいでん》の中で気持ちよーく寝てたのに、扉一枚向こうで、『お願いします、マジお願いします』って何度も繰り返されるもんだから、目が覚めちまって」

不満げな猫を、僕は呆れて窘《たしな》める。

「そりゃ、神社は何時《いつ》だって開放されてるんだし、神社に来る人は、たいてい何か願い事があって来るんじゃないか？　そこは気持ち悪いなんて言っちゃ気の毒だろ、その人が」

「それはそうなんですけどね、あんまりしつっこいもんだから気になっちまって。あ、勿《もち》論《ろん》、悪いとは言ってねえですよ。俺っちだってお社の猫なんで、そこはわきまえてます。だいいち、旦那《だんな》だって神さんに頼み込んだから、俺っちを派遣してもらえたわけだし」

猫は軽く憤慨《ふんがい》した様子でふんぞり返った。僕は笑いながら謝る。

「そりゃそうだよね。説教くさいこと言っちゃってゴメン。でも、その人に何か不審なところがあったから、気になってるんだろ？」

すると猫は、人間の姿のときはきちんと人間の位置と形に変化させている耳を、片手でぴょいぴょいと弄《いじ》りながら、曖昧《あいまい》な頷《うなず》き方をした。

「不審ってぇか、初日はまあ、よっぽど神さんに頼みたいことがあるんだなって思ってたんですけどね、翌日……まあ、昨日の夜ですけど、やっぱり同じような頃合いにやってきて、今度は恨み言を言いやがるんですよ」

「恨み言？」

「そう。やっぱしくらーい声でね、ボソボソと『あんなに頼んだのに』とか『俺なんか無視ですか、そうですか』とか文句言ってやがるんですよ」

僕は、初めて叶木神社にお参りしたときの自分のことを思い出し、つい溜め息をついた。

「そりゃ、よっぽどの悩みっていうか、願いだったんだろうね。自分ではどうしようもなくて、最終的に神頼みで何とかしてもらおうと思ったんじゃない？　それが上手《うま》くいかなくて、ガッカリしたんだろうな」

猫は胡座《あぐら》のつま先を器用に動かしつつ、むしろ呆《あき》れ顔で言い返してきた。

「いくら神さんだって、昨日の今日じゃ色々無理ですよ。そもそも、人間たちが頼んでったことを、片《かた》っ端《ぱし》から全部叶えてやれるわけじゃねえですしね。旦那のはまあ、たまさか俺っちっていう優秀な猫がいたから、すぐどうにかなったわけですけど！」

僕は当時のことをしみじみと思い出し、深く頷いた。

「うん、それについては本当に神様にも猫にも感謝してる。確かにあれは、滅多《めった》にないケースだよね。僕、子供の頃から毎年、初詣《はつもうで》で神社にお参りして、あれこれ神様にお願いしてきたけど、叶ったことなんて一度もなかったもん。叶木神社の神様が初めてだよ。飯友《めしとも》のことも、新しい仕事のことも、結局、どっちも叶えてくれて……むしろ、改めてビックリしちゃうな」

腕組みした猫は、さもありなんと言いたげに偉そうに頷く。

「そうですとも。でも、旦那はそれについて感謝を忘れてないじゃねえですか。そこは偉いですよ。毎月、神さんにお礼に行って、まあ多くはないですけど、ちゃんとお賽銭《さいせん》もカサッと入れてますし」

「多くはないは余計だよ！　あれでも、僕の精いっぱいなんだから。けど……うん、会社が突然潰れたあのとき、神様が猫を寄越してくれなかったら、僕、今頃どうなってただろう。きっと凹《へこ》んで、やけっぱちになってたんじゃないかな。少なくとも、今みたいに前向きには生きられてないと思う。だから、感謝してもしきれない」

「俺っちに？」

「お前と神様、両方に！」

「遠慮《えんりょ》しなくても、俺っち圧倒的多めでいいんですよ？」

すまし顔でそんなことを言ったあと、猫は肩をそびやかした。

「神さんに願ったことがぜーんぶ叶うなら、誰だって自分で頑張らずに、神社に押しかけちまうでしょ。神頼みなんてなぁ、ダメ元でするもんですよ。普通の連中は、それをちゃんと心得てる。けど、あいつは」

「心得てなかったの？」

「んー、どうですかね。昨夜はブツクサ愚痴《ぐち》を言ったあげく、捨て台詞《ぜりふ》を残して帰っていったんですよ」

「捨て台詞って、どんな？」

「『俺を助けなかったことで、俺がどうなるか。こんなつまんない人間にだって、ひとつくらいは、できることがあるんだ。見せてやりますよ』って」

僕は、みぞおちのあたりが急にギュッと重くなるのを感じた。

鬱屈《うっくつ》した人間が、周囲の何もかもが自分に対して理不尽だと感じて苛立《いらだ》ち、複雑に入り交じった憤《いきどお》りと無力感に、心がどうしようもなく乱れ、疲れ果てる。

そんな苦しさを、僕も会社が倒産したあの日に経験した。

僕の場合は、体力気力がヘナチョコで何をする元気も残ってなかったけれど、あるいは、そのやりきれない苦しみをエネルギーに変えて、極端な行動に出る人がいないとも限らない。

「まさかその人、ヤバい行動に走ったりするんじゃないだろうな。街中で暴れたり」

「それも相当にヤバいですけど、どっちかってぇと、神さんを恨んで、お社に悪さをされちゃたまらねえなって思ってるんですよ、俺っちは」

猫の懸念《けねん》に、僕は思わず唸《うな》った。

確かに、猫がいるとはいえ、基本的に夜は無人の神社だ。鬱蒼《うっそう》とした茂みのせいで、通りからも境内の様子は見えない。

猪田さんに訊ねたことはないけれど、規模の小さな神社だけに、防犯カメラの設置などは期待できなそうだ。

「それはちょっと、いや、だいぶ怖いね。あの神社、境内に入ってしまえば、誰にも見られずに悪いことができそうな環境だし」

「そうでございましょ？　どうしたらいいですかねえ、旦那。勿論、今夜も見張ってるつもりですけど、俺っち、基本的にこの姿でいられるのは、旦那の飯友でいるあいだってことになってるんで、お社では猫に戻ってなきゃいけねえんですよ」

「ああうん、そりゃそうだよね」

「だから、あの男が滅多なことをしようとしてたところで、なーんにもできやしねえなって。愛くるしい猫一匹にできることっていやぁ、にゃーと鳴くくらいが関の山ですよ」

「誰が愛くるしい猫だよ。いや、それはともかく、確かにそうだよな。話を聞いた以上、猫だけに対処させるわけにはいかない」

僕がそう言うと、猫は期待にアーモンド型の目を輝かせた。

「ってことは！」

「知恵を貸すほど賢くないから、一緒に叶木神社に行くよ。まあ、その男の人が今夜も来るとは限らないし、一日経って気持ちが落ちついて、諸々《もろもろ》思い直したかもしれないけど……っていうか、そうならいいって心底思ってるけど」

「けど？」

「万が一、ってこともあるから。もしその人が来て、何か滅多なことをしようとしたとき、止めることはできなくても、警察を呼ぶくらいのことはできるからね」

猫は満足げにパンと手を叩いた。

「それでこそ旦那ですよ！　そうと決まりゃあ、善は急げだ！　行きましょうや」

そう言うが早いか、ピョンと跳ねるように飛び上がった猫の笑顔を、僕はビックリして見上げた。

「今？　もう？　まだ後片付けもしてないよ？」

だが、猫は即座に言い返してくる。

「だってあいつ、いつ来るかわかったもんじゃねえですし。後片付けは、帰ってから旦那が頑張りゃいいことで」

「そこは投げっぱなしかよ！」

卓袱台の上に並んだ空っぽの食器たちを見回し、僕は帰ったあとの虚《むな》しい作業を思って軽く憤った。とはいえ、いつもは呑気《のんき》で飄々《ひょうひょう》としている猫が、こんな風に僕を急《せ》かすのは珍しい。

茶化してはいるが、やはりかなり危機感を持っているようだ。

（何もなければ、笑い話にすればいいだけだもんな。とにかく、付き合ってみよう）

そう心を決めて、僕も立ち上がった。

そして、「着替えてくるから、せめて食器をシンクに運んで、洗い桶《おけ》に浸けておいてくれよ」と、猫に言い置いて、大急ぎで寝室へ向かった……。


僕と、猫の姿に戻った猫が叶木神社に到着したのは、午後九時前だった。

十月になったばかりとはいえ、夜になると少し空気がヒンヤリしてくる。Tシャツとジーンズの上からパーカーを羽織《はお》った僕は、しんと静まり返った境内《けいだい》を見回した。

幸い、木立の隙間《すきま》から見える今夜の月は、かなりまるまると太っている。あと二日くらいで、満月になるのではないだろうか。

白々した月の光が差すので、暗さもいつもより少しマシだ。拝殿《はいでん》も、ささやかな社務所《しゃむしょ》もよく見える。

社務所は、猪田さんが宮司《ぐうじ》になってから建物に手を入れたようで、変な言い方だけれど、以前より少し、住居感が出ている。

「社務所、真っ暗だな。今夜も猪田さんはいないみたいだね」

僕がそう言うと、足元に立つ猫は、長い尻尾《しっぽ》で僕の脛《すね》をゆっくり叩きながら、人間のときより少し聞き取りにくい、奇妙に歪んだ声で答えた。

『あいつも、先代だったあいつの爺《じい》さんも、他の仕事で飯を食ってますからね。片手間神主《かんぬし》なんで、しょうがねえです』

「それは失礼だろ。片手間じゃなくて、兼業って言ってあげなよ」

『どっちでもよくねえですか？　人間はめんどくさいところにこだわるなあ』

「めんどくさいけど、大事なところだってば。猪田さんのことだから、パン屋さんと宮司さん、どっちの仕事も真面目《まじめ》にやってるはずだもん。そういうときは、片手間じゃなくて兼業って言うべきだよ、やっぱり」

『そんなもんですかねえ』

あからさまにどうでもよさそうに受け流した猫は、僕のジーンズにスリッと頬《ほお》をひと擦りしてから言った。

『あいつも来てないですね。来るか来ないかはわかんねえですけど、しばらく待ちます？』

「そうだな。もし来たとして、用事があるのはきっと神様のいらっしゃる拝殿だよね。とすると……」

僕は境内を見回した。月明かりがある分、猫と僕が隠れられる場所は限られてくる。身を潜めて、拝殿に近づく人間を観察できる場所といえば……。

「やっぱり、拝殿の階段脇かな」

言葉で賛成する代わりに、猫は足音も立てずに、僕が指さした場所へ走る。

僕は、拝殿の側方に回り、回廊《かいろう》下の暗がりに潜り込んだ。ヒンヤリしたコンクリートの上に座り込むと、正面から拝殿に近づいてくる人物からは、階段に遮《さえぎ》られ、闇に溶け込んで、ほぼ見えないはずだ。

そもそもそんな場所に誰かがいるかもしれない、などと考えてチェックする来訪者など、まずいないだろう。

「場所が場所だけにちょっとじめっとしてるけど、しばらくの辛抱《しんぼう》だし、ここでいいや。でも、あんまり長時間座ってると、お尻が冷えそうだな」

体育座りをした僕がぼやくと、猫はすぐ横に来て、僕にピタリと寄り添って座った。

『座布団になって旦那《だんな》の尻を温めるのは御免ですけど、気は心ってことで』

冷たい地面から立ち上る冷気を、服越しに感じる猫の高い体温が和《やわ》らげてくれるようだ。

「猫はあったかいなあ」

思わずそんな素直な感想が漏《も》れる。

『旦那はそうでもないですね』

澄ました口調で言い返しながら、猫は軽く僕の身体《からだ》に寄りかかる。

思えば、毎日、人間の姿の猫に会って一緒に夕食を摂《と》っているのに、本来の猫の姿の彼と、こんな風に過ごすことは滅多《めった》にない。

「今さらだけど、撫《な》でてもいい？　いや、なんか勝手に触るのはマナー違反かなと思って」

僕がそう言うと、猫は何か珍しいものを見るような顔で僕を見上げた。口を開けると、ちょっと呆《あき》れ顔みたいになるところが猫の顔は面白い。

『いいですとも。俺っちは可愛《かわい》らしすぎて罪ですねえ』

「そういうことにしとく」

実際、猫でいるときの猫は、人間でいるときとはまったく違う愛らしさがあるのだが、それをストレートに認めるのは、さすがにちょっと悔《くや》しい。

「では、失礼して」

妙に躊躇《ためら》いながら、僕は猫の小さな頭に自分の手のひらを置いた。

思えば、猫の姿の猫にこうやってまともに触れるのは、去年、猫がうっかり失踪《しっそう》して神戸《こうべ》まで捜しに行ったとき以来だ。

あのときは、猫との再会に感極まって抱き締めてしまったりしたのだが、あまりにも感情が昂《たかぶ》っていて、毛皮の感触を楽しむ余裕なんてなかった。

今、改めて触れる猫の毛はとても柔らかく、ふかふかしている。極上《ごくじょう》のマフラーのような手触りだ。

「ふかふかのすべすべだね」

僕が素直な感想を述べると、猫は誇らしげに胸を張った。

『オコモリさんが、会うたびにそりゃあ念入りにブラッシングしてくれますからね。あと、猪田の孫が』

「猪田さんも、ブラッシングを？」

『いや、あいつも意外と出来た奴で、なかなか上等の寝床を用意してくれた上、ときどき洗濯《せんたく》してくれるんですよ』

「大事にされてるね、猫」

『そりゃ、俺っちは特別な猫ですからね！　旦那も、そこそこ大事にしてくれてるじゃないですか』

「そこそこ？」

『まあまあ？』

「そこは、とっても、って言ってほしいところだけど……でも、うん、そう言ってもらえるように善処するよ。今となっては、猫がいない生活なんて、考えられないからね」

『おっ、旦那がいじらしいことを』

「照れるなって」

猫と小声で他愛《たわい》ない言い合いをしていると、肩からふっと力が抜けて、ああ、やはり少し緊張していたのだと気づく。

猫が警戒している男性が、今夜もここに現れる確証はない。

それでも、夜の神社という非日常空間で、もしかすると犯罪行為に走るかもしれない人物を待ち受けるなんて、僕の平凡な人生においては、おそらく五本の指に入る非常事態だ。

一応、丸腰ではまずいと思い、家じゅう捜して物置で発見した木刀を持ってきたが、おそらく親戚《しんせき》の誰かが修学旅行で買ったに違いない、ちゃちな代物《しろもの》だ。ないよりましくらいの攻撃力しかないだろう。

とにかく、何かまずいことが起きたら、警察に通報するのがいちばんいい。

僕は、拝殿の壁に立てかけた木刀を眺め、そんなことを考えていた。

お喋《しゃべ》りな猫が黙ると、辺りはしんと静まり返る……と言いたいが、そうはいかない。

街中では珍しく自然が豊かな空間だけに、昆虫もたくさん住んでいるのだろう。四方八方から、秋の虫の音が聞こえてくる。

サラウンドというのはこういうことかと実感するくらい、様々な音程の、しかしどれも涼やかに澄んだ虫たちの声に包まれて、僕は思わず感嘆《かんたん》の声を上げた。

「こんなに虫の声を大ボリュームで聞いたの、子供の頃に行ったキャンプ以来かも。虫の音と月って言うと風流だけど、実際は、むしろライブ会場みたいだね」

僕がそう言うと、猫は舌なめずりして返事をした。

「俺っちは、毎晩ここで寝てますからね。虫の声には慣れっこですよ。けど、月はいいですね。さっき、旦那がこさえたジャンボシュウマイみたいだ」

そんな情緒《じょうちょ》のない連想に、僕は思わず噴き出してしまった。

「ほんとにお前は、食い意地の張った猫だな」

「そりゃ旦那、俺っちは旦那の飯友ですから。食い意地は大事でございましょ？」

猫は少しも悪びれず、涼しい顔で言い返してくる。

「まあ、それは確かに。あと、ジャンボシュウマイ、気に入ったの？　あんなに雑に作ったのに」

「普通に旨《うま》かったですよ？　肉食ってる！　って気がして、俺っちは悪くないと思いましたけどね」

僕は複雑な気持ちで、軽く肩を竦《すく》めてみせた。

今日は少し仕事が長引いて帰りが遅くなったので、予定していた普通のシュウマイをちまちまと形作る時間も余力もなかった。

それで僕は、シュウマイのたねをフライパンの上に平べったく丸く伸ばし、その上にハサミでジョキジョキと細いリボン状に切ったシュウマイの皮をまんべんなく張り付けるという、ズボラな行動に走ったのだ。

フライパンに水を注ぎ、蓋《ふた》をして蒸し焼きにしてみたら、これが予想外に上手《うま》くいった。

食卓でピザのようなくさび形に切り分けて、辛子《から し》醬油《じようゆ》でもりもり食べる大雑把《おおざつぱ》なシュウマイが、猫はむしろ気に入ったらしい。

手をかけた料理が褒《ほ》められると嬉しいものだが、自分の中で「手を抜いた」と感じる料理が褒められると、嬉しい一方で、何となく後ろめたい。そんな風に感じる必要はないとわかっていても、素直に喜べないのが僕の性分だ。

僕の顔つきから、あまり喜んでいないことを見てとったのだろう。猫は何か言おうとして、しかし中途半端に口を開けたまま、さらに小さな声で「旦那」とだけ言った。

その声が帯びた緊張感に気づき、僕も口を閉じ、緩《ゆる》んでいた気を引き締める。猫がスッと身体を離したので、僕も尻を浮かせ、静かに片膝をつく姿勢になった。

うるさいほどの虫の音の中、ザッ、ザッ、と地面を蹴《け》りつけるような荒い足音が聞こえ始めた。

　やがて、参道を抜けて、こちらへ近づいてくる人影が見えた。月明かりに弱々しく照らされるその姿は、さほど大柄ではないが、いかにも男性らしい、ヒョロリとしたシルエットだ。

「……猫が言ってた人？」

　暗がりの中で、猫の小さな頭が微《かす》かに上下する。

「ホントに来ちゃったんだ」

　僕は、思わず生唾《なまつば》を呑《の》んだ。

　今夜もただご祭神《さいじん》に文句を言いに来ただけなら、僕の出番はないだろう。しかし……。

　やけに勢いよく拝殿《はいでん》の真ん前までやってきたその男性の顔を見るなり、僕はそんな楽観的な可能性を否定せざるを得なかった。

　黒っぽいフーディーに、だぼっとしたパンツを穿《は》いたその男性は、まだ若く見えた。おそらく二十代前半より上ではないだろう。

　冴え冴えした月明かりのせいかもしれないけれど、彼の痩《や》せた顔は青ざめ、薄い唇はギュッと引き結ばれている。

　ボサボサした長い前髪に目許《めもと》がほぼ覆《おお》われているので、彼がどこを見ているかはよくわからない。あまり身を乗り出しては気づかれてしまうかもしれないと、僕は用心しながら、男性の様子を観察した。

猫のほうは、僕よりいささか大胆《だいたん》に、にゅーっと首を伸ばして男性を凝視している。

（まあ、確かに、猫は見つかってもどうってことはないか）

敢《あ》えて猫を制止することはせず、僕は息を殺して様子を窺《うかが》った。

「もう、色々どうでもいいんだけど」

男性の口から、いきなりそんな投げやりな言葉がボソリと放たれた。

彼が話しかけているのは、僕たちではなく、おそらくご祭神だ。それはわかっていても、やはり心臓がバクバクと元気よく脈打ち始めるのがわかる。

「やっぱ、一日経っても、気が収まんねえ。俺、人生でいちばんマジで、これ以上ないくらい全力で、助けてくれ、叶えてくれって頼んだのに。人生にいっぺんくらい、奇跡とか、あってもいいんじゃね？　そのためにいるんだろ、神様なんて」

猫が言っていたとおり、どうやら男性は、渾身《こんしん》の願いをご祭神に聞き届けられず、かなりガッカリして、腹を立てているらしい。

（もしかして、お社《やしろ》を壊したり、落書きしたり、そういう仕返しをしようとしてるのかな）

僕は、すぐ傍に立てかけた木刀に目をやった。

男性が拝殿にイタズラをしようとしたら、黙って見ているわけにはいかないので、やはり声を掛けて制止しなくてはならないだろう。そのとき、彼が逆上したら……。

扱い慣れていない木刀で、とうてい太刀《たち》打《う》ちできる気はしない。

（どうしたものか……うん？）

脳内であれこれシミュレーションしていた僕の視線の先で、男性は背負っていた黒いバックパックを足元に下ろし、何かを取り出した。

（……あれは？）

最初、イタズラ用のカラースプレーかペンキかと思ったが、どうも違う。

やけに見覚えのあるシルエットのボトル……やや大きくて、取っ手のあるあの形は、どう考えても食用油、いわゆるサラダ油の類《たぐい》だ。

猫もそれに気づいたらしく、目をまん丸にして、「あれは何をするつもりで？」と言いたげに、僕を見た。

（いや、わかんないって）

僕は、猫に小さくかぶりを振って、男性に視線を戻す。

「どいつもこいつも」

男性は、ボトルのキャップを外して放り投げると、いきなり両手でボトルを持ち上げ、自分の頭の上で引っ繰り返した。

（うわっ！）

危うく出そうになった驚きの声を、僕は片手で口を塞《ふさ》ぐことでどうにか押しとどめる。

（いや、あの人、マジで何してるんだ……？）

いくらボトルを逆さまにしたところで、ボトルの口には注ぎ口を細くするための中蓋が取り付けられているので、油はザバッと出たりはしない。たらたらと中途半端に細く流れ落ちるだけだ。

油は男性のもっさりした髪から顔を伝い、服に、そして地面に滴《したた》っていく。

（インド医学にああいう油を垂らす施術《せじゅつ》がなかったっけ。いや、でもサラダ油でやることじゃないよね、たぶん）

いくら何でも、夜の神社で、日本の神様への恨み言を口にしながらインド医学を実践《じっせん》する人はいないだろう。

これが、拝殿に向かってガソリンを撒《ま》くような事態であれば、こんなに呆《ほう》けたことを考えながら眺めている場合ではないが、目の前で繰り広げられている光景は、あまりにも迫力がなくて、僕も猫も、ただ唖然《あぜん》としているばかりだ。

男性自身も、油の出がこれほどまでに悪いことは予想外だったのだろう。苛《いら》ついた様子の彼は、大きく舌打ちして、油のボトルを地面に叩きつけた。

「ホントにどいつもこいつも！　油まで俺をバカにしやがって！」

（いや、それはいくら何でも八つ当たり……）

僕は、思わず呆《あき》れ顔になってしまう。

駄目なときは、何をしても駄目。そんな経験は僕にだってあるけれど、さすがにこれは、少々鈍くさ過ぎるのではないだろうか。

「何だか、可哀想《かわいそう》になってきたよ」

思わず僕は、猫の耳元で囁《ささや》いた。

しかし、猫が返事をする前に、僕は「あっ」と今度は我慢できずに小さな声を上げてしまった。

フーディーの前ポケットに乱暴に手を突っ込んだ男性が取り出したのが、よくコンビニエンスストアで見かける安物のライターだと気づいたからだ。

「俺ごと燃やしてやるからな！」

そんなことを言いながら、男性はライターを拝殿のご祭神に見せつけるように差し上げた。

（まずい！）

僕は、地面についていたほうの膝を、思わず浮かせた。

一応、かつては食品関係の会社で働いていたので、サラダ油は基本的に引火しにくい油だという知識くらいはある。

とはいえ、油の成分によっては必ずしもそうとは限らないし、洋服が燃えれば、それが芯の役目を果たして引火しやすい状況を作ってしまうかもしれない。

何より、拝殿は木造で、ここしばらく、雨は降っていない。火災が起こらないとは決して言えない状況だ。

（これは止めなきゃ！）

「猫ッ！」

僕ひとりでは、男性を制止しきれないかもしれない。そんな危機感から呼びかけた声に、猫は的確に反応してくれた。

ニャーともギャーともつかない大きな声を上げるなり、猫は男性に向かって全力疾走し、まさに火を点けようとライターをひときわ高く差し上げた彼の手に向かって、物凄《ものすご》い跳躍力で飛びついた。

「うわあっ！」

驚いて悲鳴を上げる男性に、数秒遅れて、今度は僕がタックルする。

「やめてくださいっ！」

首尾《しゅび》よく、よろめいた男性の手からライターが吹っ飛び、少し離れた地面に落ちた。ここまでは、期待していたとおりの展開だった。

「な……なん」

「うわあっ！」

しかし、そこからは思いもよらない事態になった。

間抜けな僕は、男性から滴《したた》った油で、拝殿前の地面に敷き詰めた石が濡れているのをすっかり忘れていたのだ。

男性に勢いよく体当たりしたせいで、僕自身もバランスを崩し、さらに片足が思いきり油で滑って、あっと思う間もなく、地面に倒れ込んでいた。

しかもそのとき、誓ってわざとではないのだが、男性に足払いをかけた状態になり、彼もまた、悲鳴を上げながら僕の上に倒れ込んできた。

「あいたっ」

細身でも、人間の身体《からだ》はそれなりに重い。

男性の下敷きになった僕が、思わず大きな声を上げたそのとき。

誰もいないと思い込んでいた社務所《しゃむしょ》の窓に灯りがついたと思うと、扉がガラリと開き、中から猪田さんが飛び出してきた。

「何をしとるかー！」

野太い声で一喝《いっかつ》され、僕と男性は重なり合って地面に倒れたまま、震え上がる。猫は、びょーんと飛んで、たちまち茂みの中に姿を消した。

（あっ、あいつ！　ずるいぞ。ひとりで逃げて！）

「そこにおるんは誰や！　境内《けいだい》で何しよる！」

だが、猫を咎《とが》める暇もなく、猪田さんが怒号と共にこちらへ駆け寄ってくる。

僕は男性をどうにか押しのけようとして、また油で滑りつつ、「すみません！」と、反射的に謝罪の声を上げた……。


「……つまり、君の要領を得ん説明を掻《か》い摘《つ》まむと、まず、三年勤めた会社で上司を殴《なぐ》ってクビになったと」

「はい」

「ほんで、郷里に帰って家業を継ごう、付き合《お》うとる恋人に一緒に来てもらおうと思い立って、うちの神社にプロポーズ成功をお願いしに来たと」

「はい」

「で、翌日、彼女を呼び出してその旨《むね》伝えたところ、『正直、結婚までは考えてなかった』て言うてふられた挙げ句、実家の親にも、『自分らの代でしまいにするから、帰って来るな』て言われてしもたと」

「……はい」

社務所に、猪田さんの厳しい声と、力なく返事をする男性の声が、奇妙なコールアンドレスポンスのように響く。

あれから僕と男性は、社務所に入るよう命じられ、八畳《じょう》ほどの座敷の壁際に並んで座らされた。

二人して油まみれなので、座布団ではなく、新聞紙を分厚く敷いた上に正座である。

向かいに、こちらも敢《あ》えて座布団なしで正座する猪田さんに事情を問われ、男性が項垂《うなだ》れて黙りこくっているので、やむなく僕は、猫のことは伏せて、少しだけ嘘を含んだ説明をした。

夜の散歩がてら叶木神社に参拝に立ち寄り、偶然、男性が凶行に及ぼうとしたところを目撃して、制止しようとしていた……という僕の言葉に納得してくれた猪田さんは、次に、男性側の事情を問い質《ただ》したのだった。

「さらに？　住んどるアパートが老朽化《ろうきゅうか》で建て直すことになって、大家から立ち退きを要求されて、八方塞《はっぽうふさ》がりのやけっぱちになったと？」

「ええと……はい」

「で、そのすべてが、うちのご祭神が君の願いを聞き届けんかったせいやと逆恨みして、焼身自殺がてらうちのお社《やしろ》を燃やそうとしたと。けどガソリンは怪しまれて売ってもらえず、台所にあったサラダ油を持ち出したと？」

「はい」

男性は従順に肯定の返事を続け、猪田さんの精悍《せいかん》な顔はますます渋くなる。

「行き当たりばったりっちゅうか雑っちゅうか。君の性格がようわかるわ。それに、さすがに神さんに対して、随分《ずいぶん》な言いがかりやないか？」

腕組みした猪田さんの声に、鞭打《むちう》つような鋭さが加わる。

男性はびくんと身体を震わせながらも、ようやくそこで上目遣いに猪田さんを見て、初めて恨めしげに口答えをした。

「けど、願い事をきいてくれるのが、神様の仕事でしょ。そうじゃなかったら、詐欺《さぎ》かボッタクリじゃないですか！　俺、お賽銭《さいせん》入れましたよ。めっちゃ張り切って五百円も！　それって先払いでしょ！　神様に、俺、金を踏み倒されたんですよ」

（僕は諸事情あって一万円だったぞ。ああいや、でも、こういうのは金額じゃないよな）

男性の隣で、何だか巻き添えを食って叱《しか》られ坊主《ぼうず》の体《てい》の僕は、心の中で、男性に過去の自分の姿を被《かぶ》らせていた。

僕の場合は、クビになったわけではないが、突然失業したショックはよく知っている。それに加えて、失恋と、親からの突き放しと、住居からの立ち退きが重なったら、さすがに自暴自棄になる気持ちも、ご祭神を逆恨みする気持ちも、わからないでもない。

だからといって放火していいわけでは勿論《もちろん》ないが、彼の反論にも一理あるような気がする。

むしろ、宮司《ぐうじ》としての猪田さんがこの非難にどう答えるのか、僕の胸にはいささか不謹《ふきん》慎《しん》な好奇心が湧き上がった。

でも、それまでずっと険しい顔つきをしていた猪田さんは、男性の憤《いきどお》りをぶつけられたにもかかわらず、ふっと表情を和《やわ》らげた。

「そら違う」

逆に男性のほうは、勢い込んでなおも突っかかる。

「何が！　ボッタクリじゃなかったら、何なんですか！」

「ご祭神は、願いを叶えるためにいてはるんやない。ただ、君の願いに耳を傾けるために、おられるんや」

「はぁ？」

「ここに来て、胸に抱いた大きな願いをご祭神に打ち明けるとき、人は、その願いが自分にとっていかに大切なもんか、いかに実現したいもんか、深く噛《か》みしめるやろう」

男性は、ムスッとした顔で、それでも小さく頷《うなず》いてみせる。猪田さんは腕組みを解き、ジーンズの太股《ふともも》にきちんと手を置くと、さっきまでとは違う、いつもの温和な表情に戻ってこう続けた。

「一方で、ご祭神にその願いを叶えてくださいと願うからには、実現が難しいこともようわかっとるはずや。君も、ほんまのところ、恋人がプロポーズを受け入れて、一緒に郷里に帰ってくれる可能性はそう高《たこ》うないこと、うすうす気づいてたんと違うか」

猪田さんの、口調は穏やかだが鋭い指摘は、男性の痛いところを直撃したのだろう。彼は悔《くや》しそうに唇を噛み、何も言い返さない。

「それでも挑戦したい、せずにはおれん。そういう君の気持ちに添って、怖《お》じ気《け》づきそうになる君の背中に手をそっと添えてくださる。結果はどうあれ、踏み出す勇気を与えてくださる。それがご祭神やと、自分は思うけどな」

「けど、俺、ガッツリ振られたし」

「それは気の毒やと思う。けど、人の心は、いくら神様言うても、好き放題にはできん。恋人の心は恋人のもん、親御さんの心は親御さんのもんや。君の都合よう弄《いじ》ってええようなもんではない。そやろ。君の願いは、そもそも無理筋や。まして、マンションの老朽化を食い止められる神さんなんか、どこにもいてはらへんやろが」

「うう……」

「恋人や親の本心は、わかるべくしてわかったんや。今の住まいにも、お別れするタイミングやったんや。それがいっぺんに来てしもたんは君の不運やけど、それは考えようによっては、全部まっさらにしてやり直せるチャンスでもあるんやないか？」

猪田さんの淡々とした諭《さと》しに、男性の顔から、徐々に怒りの色が消えていく。

「やり直せる……チャンス？　やり直すって、何を、どうやって？　住むとこももうじきなくなるし、仕事もないし、彼女もいないし、実家にも帰りづらいし」

悪態の代わりに漏《も》れた弱音に、猪田さんは真っ直ぐな眉《まゆ》をハの字にして、慰めるようにこう言った。

「なくしたもん、じきになくすとわかってるもんばっかり見てたら、そら、気持ちが塞ぐ。そうやなくて、これからのことや」

これからのことと言われて、男性の顔が再び強張《こわば》った。社務所《しゃむしょ》の中は暖かいのに、彼の顔はずっと幽霊のように青白いままだ。

「これからって……その、警察に自首、でしょ」

猪田さんは軽く目を見開いて、しばらく沈黙してから、広い肩をそびやかした。

「確かに、直近の『これから』は、そやな」

「猪田さん、それは、でも」

僕は、思わず口を出してしまった。

これだけ踏んだり蹴《け》ったりな目に遭《あ》った男性を、このまま警察に突き出すのは、あまりに情がないと思ったのだ。

しかし猪田さんは、僕にそれ以上の発言を許さず、ピシャリと言った。

「どんな事情があったとしても、あかんことはあかんことです。ケジメはつけなあかん。彼には、警察に行ってもらう。嫌や言うても、自分が引きずっていきます」

「う、うう」

そう断言されてしまっては、僕もそれ以上食い下がることはできない。男性も、僕の隣でガックリ項垂《うなだ》れた。

しかし、僕たちは、次の猪田さんの言葉に揃ってハッとした。

「自分も一緒に行きます。身元引受人は、自分がなります」

「猪田さん……」

「どうせ大した罪にはならんのや。警察にガツンと叱《しか》られて、それできっちりしまいにしたらええこっちゃ」

猪田さんはカラリと笑ってそう言ったが、僕と男性は、思わず顔を見合わせた。口を開いたのは、男性のほうである。

「大した罪には問われないって、俺、自分ごとこの神社を燃やそうと……」

その告白に、猪田さんはわざとらしく首を傾《かし》げてみせた。

「あ？　何のことや？」

「えっ？」

キョトンとする青年をよそに、猪田さんは僕に悪戯《いたずら》っぽい目配せをした。

「自分が把握《はあく》しとるんは、君が、うちの神社の境内《けいだい》で、頭からサラダ油を被って、その辺をギトギトにしたっちゅう迷惑行為だけやけどなあ」

「ええっ？」

「そこの坂井さんが絶妙なタイミングで止めてくれたおかげで、君、火ぃ使わんで済んだやろ。つまり、自分ごとこの神社を燃やすとかいうんは、君の妄想や」

「え……あ、いや、でも、俺」

「たまさか散歩の途中、ここに立ち寄ってくれはった坂井さんのおかげで、君は運を拾うた。それこそが、ご祭神の思いやりかもしれん」

「神様の?」

「ご祭神は、断じて、人間の言いなりになってくれる便利な道具とは違う。そやけどな。神社に来て、頭を下げて、柏手《かしわで》を打って、静かになった心に浮かんだ願い。それをご祭神に告げるとき、人は、自分にとっていちばん大切なことは何か、気づくことができる。それこそが、ご祭神のお導きなん違うかな。自分はそんな風に思う」

「………」

「今の君が抱えとる、新しい、心からの望みはなんや。もっぺん、静かに考えてみ」

猪田さんに促され、男性は無言で目を閉じ、考え込む。

分厚いカーテンのような前髪に半ば覆《おお》われたその目が開いたとき、彼の痩《や》せた頬《ほお》には、うっすらと血の色が差していた。

「彼女でなくてもいいです。友達でなくても、親でなくてもいいです。家でなくても、会社でなくてもいいです。何でもいいから、誰でもいいから、俺を必要としてほしい。俺に、居場所を作ってほしい。俺がいてよかったって、誰かに言われたい」

それは、とても切実な、それでいて、驚くほどシンプルな願いだった。

胸を打たれて絶句する僕とは対照的に、猪田さんはやけに嬉しそうに破顔《はがん》し、大きな手で自分の胸元を叩いた。

「よっしゃ。いい望みが見えたやないか。それやったら、ご祭神の手を借りるまでもない。自分がどうにかしたれるかもしれん」

「えっ?」

またしても呆気《あっけ》に取られる青年に、猪田さんは僕を視線で示した。

「そこの坂井さんは、大事なお得意様やからようご存じやけど、自分、パン屋を兼業しとってな。駅前で、小さいパン屋をひとりでやっとる。正直、手が足りんで困っとったとこや」

「えっ?　パン屋?　えっ?」

意外な話に混乱する青年に構わず、猪田さんは話を続けた。

「もし、君が嫌やなかったら、しばらくうちで働いてみんか?　大した給料は出せんけど、パンには不自由させへんし、まかないもまあ、考える。住むとこも、当面、パン屋の二階でよかったら部屋はあるで。そこで寝泊まりしながら、新しい住まいを探してもええん違うか」

ようやく話が見えたらしき男性は、しばらくぽかんと口を開いたままでいた。ようやく発することができたのは、短い言葉だった。

「いいん、ですか?」

「ええよ。ただ、うちみたいな小さいパン屋は、力仕事ばっかしや。楽とはとても言われんし、朝も早い。それでも、パンを焼くんは幸せな仕事や。自分はそう思う。少なくとも、ヤケクソになって神社焼くよりは、遥《はる》かにマシや」

ニッと笑って、「自分はそう思うんで、まあよかったら選択肢《せんたくし》のひとつに」と締め括《くく》った猪田さんの顔を、男性はしばらく放心したように見つめていたが、やがてその油まみれの頬に、新たな液体が伝った。

「すいません。ありがとう、ございます」

絞り出すようにそう言って、あとはボロボロと涙をこぼすばかりの男性に、猪田さんは大らかな笑顔で頷《うなず》き、それから急に驚くほど照れて、「や、こっちも助かるんで」と慌てたように付け加えた……。

「ほな、坂井さん。くれぐれも滑らんように気ぃつけてください。お礼はまた改めて後日。……あと、自分、仕事をほったらかして寝てたところを大声で起こされたもんで、向かっ腹立てて坂井さんにも怒鳴ってしまって、すみませんでした。まだまだ未熟者です」

社務所《しゃむしょ》の前で、猪田さんはそう言って深々と僕に頭を下げ、男性を伴《ともな》って、駅前の警察署へと向かった。

その二つの背中が参道の闇に溶けて消えるまで見送って、僕は「さて」と猫を捜そうとしたが、その必要はなかった。


にゃーん。


そんな甲高《かんだか》い声が聞こえたと思うと、さっき猪田さんが怒鳴った瞬間に駆け去った猫が、いつの間にか戻ってきていた。灰色の毛皮に覆われた猫の頭が、またしても僕のジーンズの脛《すね》にゴシゴシと擦りつけられる。

「猫。どこ行ったのかと思ったよ。大丈夫だった？　あと、ゴメン。ほんとは、火を点ける前に真っ先にあの人を止めたの、お前なのに。手柄を横取りしたみたいになっちゃった」

僕が謝ると、猫はどうでもよさそうな口調で答えた。

『そんなのはいいんで、ちっと風呂場を貸してくださいよ、旦那《だんな》』

「……あ。お前も油まみれだ。お揃いだね」

見れば、猫の毛皮はあちこちベタついて、実に哀れっぽいことになっていた。

冷静だったように見えて、猫もそれなりに焦っていたのかもしれない。男性の手に体当たりしたとき、勢い余って身体《からだ》のほうにも激突してしまったのだろう。

『こりゃ、舐《な》めても埒《らち》があかねえ。口の中もネトネトになっちまう』

「そうだろうな。じゃ、もう一度うちに戻って、まずはお互い、風呂に入ろう。お前、僕のシャンプーで大丈夫なの？」

猫はちょっと首を傾げてから、『俺っちの毛皮が、テレビで見るみたいな、ファサァ……ッ、て感じになっちまいますかね？』

「いや、伸びはしないよ。つやっつやになるかもだけど」

『まあ、その程度なら、俺っちがさらに魅力的になるだけなんで』

謙遜《けんそん》ゼロで自画自賛の猫に苦笑いしつつ、僕は「じゃあ、帰ろう」と歩き出した。

猪田さんに警告されたとおり、靴底《くつぞこ》にべったり油がついているので、油断すると滑りそうだ。

慎重に自宅への道を歩く僕に並んで、猫は猫の姿のままでゆっくり歩く。

『風呂から上がったら旦那、俺っち、また人間の姿になって、いっちょ、あれをやりたいですねえ』

「何？」

『罪深いお夜食ってやつを頂戴《ちょうだい》したいなあ、なんて』

どこまでも食いしん坊な猫の発言に、僕は噴きだした。

でも確かに、こんな出来事の後は妙に腹が減る。ことがいい方向に運んで安心したので、なおさらだ。

「いいね。何食べようか。大した食材はないけど……そうだなあ。雑炊《ぞうすい》、いや、罪深さで言うと、トーストサンドかな」

『おっ、いいですね。どんな罪を挟むんです？』

「罪を挟むわけじゃ……いや、挟もうか。たっぷりのとろけるチーズと、カリッカリになるまで焼いたベーコンってのはどう？　罪深すぎて、自分で言って震えそうだけど」

『いいですねえ！　俺っちも武者震いしそうです』

「僕のは、武者震いじゃなくて、体重計に載ることへの恐怖だけどね」

そんなことを言い合いながら、僕たちは……いや、少なくとも僕は、猫に出会う前の自分を思い出して少しほろ苦く、同時に、叶木神社のご祭神と猫への感謝をもう一度嚙《か》みしめながら、家路を辿《たど》ったのだった。

猫舌でも熱々は素敵

四章

ビュウッと吹き抜ける木枯《こが》らしに、僕は足早に歩きながら、思わず首元を覆《おお》うマフラーを顎《あご》の高さまで引き上げた。

今日は早朝から断続的に、大粒の雪が降っている。

まだ積もるほどの激しさではないけれど、ときおり顔に当たって、くすぐったいと思うのも束の間、頬《ほお》や額の熱で呆気《あっけ》なく溶けてしまう。

ついこの間まで「紅葉が綺麗《きれい》だね」なんて話をしていたと思うのに、気づけばもう十二月も二十六日だ。

昨日まではクリスマス用の食材や惣菜《そうざい》が並んでいたスーパーマーケットの売り場に、今朝はもう、年末年始用のアイテムがズラリと揃っていた。

毎年のことながら、まるで歌舞伎《かぶき》役者の早着替えのような手際《てぎわ》の良さだ。

「さてと、買い漏《も》らしたものはないかな。……あとは、パンだけか」

今日も沖守《おきもり》邸への出勤途中、駅前のスーパーマーケットで食材をあれこれと買い込んだ僕は、すぐ近くの「パン屋サングリエ」を訪ねた。

昭和の生き証人であり、動作が多少ガタつく自動ドアのガラスには、手描きのちょっと無骨な文字で、「正月用食パン　三十日正午までご予約承《うけたまわ》ります。お渡しは大晦日《おおみそか》午後三時まで」と書かれた紙が貼ってある。

「お正月、おせちに疲れてパンを食べたくなる人も多いんだろうな」

思わず呟《つぶや》きながら店内に入ると、ちょうど焼きたての大きな丸いパンを棚《たな》に並べていた店員が僕に気づき、もさりと頭を下げた。

「いらっしゃいませ。あ、ども、坂井《さかい》さん」

顔を上げ、小さくぎこちなく笑ったのは、痩《や》せぎすの若い男性だった。

店の中は暖かいし、厨房《ちゆうぼう》はおそらく暑いので、冬だというのにTシャツとジーンズ、それにエプロンという軽装の彼は……そう、あの叶木《かのうぎ》神社であやうく大変な騒ぎを起こすところだった、あのサラダ油男である。

あの事件から、もうすぐ二ヶ月が経つ。

職も恋人も住居もほぼいっぺんに失う羽目になって絶望し、自分を助けてくれなかった神社のご祭神《さいじん》を逆恨みして、焼身自殺と祭殿への放火を同時に実行しようとした男。

僕と猫によってどちらも未遂《みすい》に終わったとはいえ、そんな物騒な人物を、猪田《いのだ》さんは自分が経営するベーカリーの店員として、本当に雇い入れてしまった。

しかも、彼の生活スペースである店の二階の一室まで提供しているのだから、誰が聞いても、お人好しが過ぎると呆《あき》れる話だ。

僕も密かに、大丈夫だろうか、そんな厄介《やつかい》な人物を雇ったところですぐに逃げ出すのではなかろうかと心配していたのだけれど、男性……いや、鳥谷翼君《とりたにたすく》という名前で呼ぶべきだろう、彼は、ちゃんとベーカリーの仕事を続けている。

ボサボサだった髪も、猪田さんの店で働き始めてほどなく、「食べ物を扱うから」と、自分から理容室に行き、丸刈りにしてきたらしい。

さすがにそれは、筆でシャッと描いたような彼のあっさりした顔立ちと相まって、ベーカリーの店員というよりは修行僧のようだということで、今は頭頂部だけほんの少し長めに残した、いわゆる「おしゃれ坊主《ぼうず》」に落ちついている。

「おはようございます。仕事はどう？　順調？」

いつもの質問を投げかけると、鳥谷君は曖昧《あいまい》な頷《うなず》き方をした。

「どうですかね」

知らない人が聞いたら、ずいぶん無愛想な奴だと思うかもしれない。でも、鳥谷君に悪気はないのだ。

むしろ、失礼がないようきちんと振る舞わなくてはと思うと、たちまち緊張して愛想と語彙《ごい》がログアウトするタイプらしい。

「よう頑張ってますよ、朝弱いわりに。まあ、うんと褒《ほ》めたろうと思った途端、今朝は見事な二度寝をかましてましたけど」

　スムーズに冗談まじりのフォローをしながら厨房から出て来たのは、猪田さんだ。まだ厨房ではパンを焼き続けているらしく、いったん眼鏡《めがね》を外し、首から掛けたタオルでゴシゴシと顔の汗を拭《ぬぐ》ってから、彼は僕に軽く一礼してくれた。

「いらっしゃい。ていうか今日は、特に予約はいただいてませんでしたよね？」

　僕は笑って答える。

「はい。今日は、沖守さんに個人的に頼まれて、お使いです」

「なるほど！　一瞬、自分が仕事を忘れてたん違うかってヒヤッとしましたわ。よかった。ああトリ、シナモンロールの仕上げのグレーズ、頼むわ」

　猪田さんの言葉の後半は、僕ではなく鳥谷君にかけた言葉だ。

「俺がやっていいんですか？」

　驚いたように目をパチパチさせる鳥谷君に、猪田さんは当然というように頷いた。

「ええよ、やってみ。ちょっとずつ、できることを増やしていかんとな」

「は……はい。できるかな」

「案ずるより産むが易し、て言うやろ。自分がやっとったん、ここしばらく見とったはずやし。ギトギトでもシャッ、でもなく、ちょうどええ感じの『とろーん』で頼むで」

「ええと……はい」

鳥谷君は、痩せた顔じゅうで「今一つ自信がない」と不安を訴えつつ、それでもどこか嬉しそうに厨房へ入っていく。

「それで、『山猫軒《やまねこけん》』のオーナーさんに、今日は何を差し上げましょ」

「この前いただいたライ麦半分のパンがあればって」

「ああ！　今日のは、材料の在庫の問題でライ麦四割なんですけど、ええ出来ですからお勧めですよ」

「じゃあ、それを。あと、表のポスターを見てたら、僕もお正月用の食パン、予約したくなってきちゃったんですけど、いいですか？」

「勿論《もちろん》。一本が二斤《きん》ですけど」

「じゃあ、一本」

「はいはい。毎度ありがとうございます。ほな、あとで予約票をお出ししますんで」

愛想よく喋《しゃべ》りながら、猪田さんはさりげなく、厨房からいちばん遠い棚へと僕を誘《いざな》う。

なるほど、鳥谷君を厨房に行かせて僕とふたりで話す算段だったのかと気づき、僕は小声で猪田さんに言った。

「相変わらず頑張ってますね、鳥谷君」

猪田さんは、厨房のほうを見やり、ニヤッとした。

「自分も、最初は『年内続いたらええほうかな』と思うてたんですけど、ほんまにようやってくれてます。要領がいいとはお世辞《せじ》にも言えませんし、接客も挨拶《あいさつ》がやっとっちゅう有様ですけど、最初の印象よりはずっと真面目《まじめ》な奴です。ひとつひとつのことを一生懸命、丁寧《ていねい》にやろうっちゅう心構えは嫌いやないですしね。ただ、ひとつだけ悪い癖《くせ》がありまして」

「悪い癖、ですか？」

驚く僕に、猪田さんは、急に真顔になって低い声で言った。

「自分に自信が持てんことです」

「自信が……。それってでも、珍しくはないんじゃ？　僕だってないですよ」

「いや、そういう次元のもんではなくて。もともとおった会社で、かなり不遇《ふぐう》やったようです。技術職で採用されたのに、部署が不採算続きで閉鎖《へいさ》になってしもて、新たに配属されたんが、まさかの営業部」

僕は、軽くのけぞってしまった。

確かに鳥谷君とそこまで仲良しなわけではないけれど、少しやり取りすれば、彼が決して人づきあいが得意なタイプでないことくらいはわかる。

「営業部？　それはまた、ハードな人事異動ですね」

「ほんまに。成績はまあ、今のあいつを見とったらお察しですわ。新しい上司にも同僚にも持て余されて、だいぶ苛《いじ》められとったようです。それこそ、人格を全否定されるような」

僕は思わず厨房のほうを見た。扉のガラス窓越しに、作業に没頭する鳥谷君の、俯《うつむ》き加減の横顔が見える。

「もしかして、上司を殴《なぐ》って会社をクビになったって……」

猪田さんは痛ましそうに頷いた。

「苛めに耐えかねて、つい……と本人が言うてました。だいぶ、メンタルに来とったんでしょうね。そやから、うちの神社でサラダ油を頭から被《かぶ》るような無茶をしたんですわ」

「ああ……。神様を逆恨みしたりしたのも、そういう事情があったからなんですね」

嘆息《たんそく》する僕に、猪田さんは小さく何度か頷いた。

「ここに住み込みで働き出した頃にも、急に癇癪《かんしゃく》を起こして店を飛び出したり、過呼吸を起こしてぶっ倒れたりしましてね。そんで、試しに駅前のメンタルクリニックに通わせ始めたら、最近はずいぶん落ちついてきましたわ。僕もこういうんは初めてなんで、お医者さんにアドバイスを貰《もら》えてありがたいです」

思っていたよりずっとヘビーな鳥谷君の境遇に、僕は思わず絶句した。

（僕だって、一歩間違えたら、そうなっていたかもしれない）

突然、当たり前にずっと存続すると思っていた職場がなくなり、それなりの情熱をもって打ち込んでいた仕事を失う衝撃と恐怖は、僕もよく知っている。

今でこそ、沖守さんのおかげで、かつての経験が生きる仕事をさせてもらっているけれど、もし、彼女との出会いがなければ、まったく畑違いの業種に就職しなくてはならなかったかもしれない。

そうなったとき、上手《うま》くやれる自信など、僕にはまったくない。

（たまたま叶木神社に立ち寄ったおかげで、僕は猫という飯友《めしとも》に恵まれて、同じ場所で倒れていた沖守さんと出会って……）

僕が叶木神社で大切な一匹とひとりに出会ったように、鳥谷君もまた、叶木神社で猪田さんという運命の人に巡り会えたのかもしれない。

そう思うと、叶木神社の御利益《ごりやく》の大きさに、改めてビックリしてしまう。

「あの、叶木神社のご祭神って、縁結びの神様なんですか？」

僕がそう訊ねると、猪田さんは軽く目を瞠《みは》り、それから面長《おもなが》の顔をほころばせた。

「うちのご祭神は、縁結びに限らず、皆さんのご祈願には何なりと耳を傾けてくれはりますよ」

「耳を傾けて……？　叶えてくれるわけではなく？」

「叶えるのは、願いを抱いたその人自身です。家内安全も、開運厄除《やくよ》けも、ご祭神に願って、あとはぼーっとしといたら叶うような簡単なことではあらへんでしょう。ねえ？」

いつかの猫とまったく同じことを、猪田さんも迷いなく口にした。

「それってもしかして、神様は、人間の背中をそっと押してくれる的な話ですか？」

思わず猫の言葉を思い出して問いを重ねた僕に、猪田さんは今度は軽く首を傾《かし》げてみせた。

「自分は、ご祭神は、人間の願いに耳を傾け、見守ってくれはる存在やと考えています。そやけど、もし、人間が迷うとき、悩むとき、勇気を振り絞《しぼ》らなあかんとき、背中を押してまではくれんでも、そうっと肩に手を添えてくれはることはあるかもしれませんね。ご祭神の『お守り』っちゅうんは、そういうもんやと思います」

「……なるほど」

「ガッカリですか？」

猪田さんは笑いを含んだ声で訊ねてくる。僕も笑顔で首を横に振った。

「いえ、ただ、僕はもっと大胆《だいたん》に助けていただいたなって思っただけで」

「おっ。ご祭神も、たまには依怙贔屓《えこひいき》をしはるんかもですね」

僕たちは、顔を見合わせてふふっと笑った。しかし僕は、すぐ、厨房《ちゅうぼう》の鳥谷君のことが心配になり、猪田さんに目配せした。

「あの、彼の仕事、見てあげなくていいんですか？」

するとと猪田さんは、まだ笑顔のままでかぶりを振った。

「ええんです。あいつには、自分で考えてやることと、失敗してもそこから学べば問題ないっちゅうことを、知ってもらわんとあかん。今は、何を教えても、いちいちこっちの顔色を窺《うかが》いながら、おっかなびっくりで作業をしよるんです。それはようないんで、こんな風に、何ぞあっても自分がフォローできる、小さなことからちょいちょい任せるようにしてます。時間はかかるでしょうけど、それで自信も育つかなと」

僕はすっかり感心してしまって、猪田さんの端整な顔を見た。

「鳥谷君、猪田さんに出会えてよかったですね。そんなことまで考えてくれる上司、なかなかいませんよ」

しかし、僕がそう言うと、猪田さんは困った顔をした。

「いや。ホンマは、あいつが朝弱いんを知ったら、早起きせんでええ仕事を考えたるんが雇い主ですわ。そやけど、パン屋の辞書に『朝ゆっくり』っちゅう言葉はないんでね。そこを我慢してもらっとる時点で、既に申し訳ない限りです」

「それは仕方ないですって」

「なのでまあ、たまの寝坊は咎《とが》めんようにしてます。そのくらいしかできんので」

猪田さんがそう言ったとき、厨房から鳥谷君が顔を出した。

片手には、シナモンロールにグレーズを塗るのに使う、シリコン製のピンク色のはけが握られている。

「あの、店長。グレーズだいぶ足りません」

「あ？　トリ、そら気前よすぎや！」

「す、すいません！　このくらいたっぷりが旨《うま》そうかなって、思って」

「いや、セコい塗り方して、余らせたおすよりはええ。……すんません、ちょっとだけ失礼します。パン、包んできますんで」

そう言うと、猪田さんはライ麦入りのローフ型のパンをヒョイと取り、「トリは、甘党の守護神やなあ」と快活に言いながら、大股《おおまた》に厨房へ入っていく。

その大きな背中越しに、鳥谷君のホッとした顔を見ながら、僕は、「猪田さんはああ言っていたけど、やっぱり叶木神社のご祭神は縁結びがお得意なのでは」などと、こっそり考えていた……。

沖守さんに頼まれた買い物をすべて済ませ、僕が沖守邸に到着したときには、既に午前十一時になろうとしていた。

今日は「茶話　山猫軒」は定休日なので、僕の仕事はハウスキーパーだ。

この家の主である沖守静《しず》さんは、箒《ほうき》とちりとりを持ち、せっせと門扉《もんぴ》から店までの通路を掃除《そうじ》中だった。

「おはようございます、坂井さん。寒いけれどいいお天気ね」

明るい笑顔で挨拶《あいさつ》をしてくれた沖守さんは、トレードマークの足首まであるクラシックなワンピースの上から、もこもこしたダウンコートを着込んでいる。

とても暖かそうだけれど、何だか着ぶくれした子供のようで、どうにも可愛《かわい》らしい。みずから編んだという毛糸の帽子を被っているので、なおさらだ。

「おはようございます、沖守さん。掃除なら、僕がしますよ」

「いいえ、自分の家だもの。このくらいはやらなくては。いい運動よ」

「でも」

僕は思わず口ごもった。

確か、沖守さんの心臓の病《やまい》には、気温の急激な変化がいちばんよくないはずだ。

だから、こんなふうに寒い日に外で掃除などは避けたほうがいいと言おうとしたものの、それは果たして沖守さんを本当に気遣う言葉なのだろうか、とふと迷ってしまった。

勿論《もちろん》、僕は沖守さんの健康を祈っているし、できるだけ身体《からだ》を労《いたわ》ってほしいと切実に願っているけれど、だからといって、冬じゅう、暖かな家の中に閉じこもって大人しく過ごすことが、彼女にとっての幸せになるのかどうか。

僕のそんな迷いを感じとったのか、沖守さんは笑顔のまま、僕の二の腕を軽く叩いた。

「大丈夫、お家を出る前に、しっかり準備をしたわ。ストレッチをして身体を温めて、カイロを貼って、こうして暖かくして。だから大丈夫よ。心配しないで」

「あ……すみません。心配されすぎても、嫌ですよね」

「嫌じゃないわよ。過保護なほど気遣ってくれる人がいて、とても幸せだわ。でも、人間、いつどこで何があるかわからないでしょう。したいと思ったことには、そう思ったときに、できる限りの準備をして挑むべきだと思っているの」

沖守さんの声には、凜《りん》とした響きがある。これが、病と共に生きることを決意した人の強さなのだろうか。

そんなことを考えていた僕に、沖守さんは言った。

「でも、お玄関からここまで掃《は》いたらさすがに少し疲れたから、あとはあなたにお願いしてもいいかしら」

「勿論です！　あ、今は無理なんだった」

箒とちりとりをすぐに受け取ろうとして、僕は両手に提げたエコバッグのことを思い出す。沖守さんは可笑《おか》しそうに、通路脇に掃除道具を置いて、こう言った。

「バッグを一つ引き受けて差し上げたいけど、私には重そうね。代わりに、中で熱いお茶を差し上げましょう。お昼ご飯も」

「ありがとうございます！」

そこで僕たちは、連れ立ってお屋敷の中に入った。

今日は「山猫軒」の厨房ではなく、一階奥にある沖守さんのプライベートスペースの台所に向かう。

実は昨夜も、僕はここに来た。猫も一緒に。

沖守さんが、「クリスマスのご馳走《ちそう》を作るから」と、僕たちを招待してくれたのだ。

とはいえ、力仕事が多い料理を彼女ひとりに任せるのは不安で、僕も昼過ぎにここに来て、助手として一緒にご馳走を作ったので、正確に言うと、純粋な「お客さん」は、夕方に悠々《ゆうゆう》と人間の姿でやってきた猫だけということになる。

それはともかく、僕たちは、ジンジャーエールにちょっとだけスパークリングワインを混ぜたもので乾杯し、ローストポークや添え物の野菜、そして昔ながらのバタークリームに彩られたブッシュ・ド・ノエルを堪能《たんのう》した。

そう、沖守家のクリスマスの定番は、ターキーでもチキンでもなく、実はポークだったらしい。

なんでも、沖守さんの息子さんが幼い頃、「鶏の皮のブツブツが怖い」と泣くので、やむなく豚ロースの塊《かたまり》をローストしたのが始まりだったそうだ。

猫は勿論、僕もローストポークは初めての味だったけれど、とにかく驚いたし、感動もした。

ただ塊肉を焼くだけだと思っていたら、大間違いだった。

まず、下拵《したごしら》えの段階で、皮つきの脂身《あぶらみ》には細かくて深い切り込みをたくさん入れ、塩をしっかりすり込んでおく。肉のほうには、ナイフをぶすぶすとあちこちに突き刺し、できた穴に、ニンニクの欠片《かけら》と短く切ったローズマリーの枝を差し込んでおく。

そのまますぐにオーブンに入れるのではなく、数時間、冷蔵庫で寝かせるのである。

さて、いよいよオーブンに、というときも、一工夫《ひとくふう》ある。

沖守さんの指示で、僕は深いロースト用の容器の底に、人参《にんじん》、タマネギ、リンゴを切って敷き詰めた。そうして出来た美味《おい》しいベッドの上に恭《うやうや》しく豚肉を載せ、皮にオリーブオイルをハケで塗ってから、オーブンでじっくり焼き上げる。

オーブンから取り出したとき、沖守さんが「クラックリング」と呼んでいた脂身部分はスナックのようにカリカリに焼き上がっていた。見事な変身だ。

肉をしばらく寝かせている間に、ロースト容器に残った油をあらかた捨て、火にかける。クタクタに焼けた野菜とリンゴに小麦粉を振りかけて潰しながら、弱火で練《ね》り上げていくと、濃いペーストが出来上がる。それをリンゴ酒でトロリとした状態まで薄め、アルコールを飛ばして、仕上げに濾《こ》せば、肉と野菜の旨みいっぱいのアップルソースの出来上がりだ。

カリカリの脂身、しっとりしていて、ニンニクとローズマリーの香りをほどよくまとった肉、そして優しい甘さのアップルソース。

僕も猫もその味わいに夢中になってしまって、沖守さんが呆《あき》れるほどの勢いでお代わりを繰り返した。

豚肉と同時に、別容器でローストされたジャガイモはこんがり香ばしく、茹《ゆ》でただけの芽キャベツも、肉と一緒に食べると本当に美味しくて目から鱗《うろこ》だった。

「美味しかったなあ、あのポーク」

キッチンにはまだローストポークの香りがそこはかとなく漂っていて、僕の口には唾《つば》が溢《あふ》れてくる。

後から入ってきた沖守さんは、僕の呟《つぶや》きに声を立てて笑った。

「そんなに気に入ってくださって、嬉しいわ。大きめのお肉を選んだつもりだったけど、よく考えたら、息子が倍に増えたようなものですものね。いつものサイズのお肉を二つ頼むべきだったかも」

「ああ、いえ！　昨夜は本当にありがとうございました。僕も猫も、十分にいただきました！　帰り道、お腹が苦しかったです。あんまり美味しくて、欲張りすぎました」

改めて昨夜のお礼を言うと、沖守さんはすぐに、片手を振ってこう言った。

「よかった。ローストポークは、息子が大好きな料理だったの。『いつも作って』って言われていたのに、『そんなにしょっちゅう作ったら、ご馳走の有難みがないでしょう？』ってクリスマスだけのご馳走にして……。あんなに早く死んでしまうなら、飽きるほどしょっちゅう作ってあげればよかったと、うんと悔《く》やんだものよ」

「沖守さん……」

「だから、息子の代わりにあなたたちがもりもり召し上がるのを見て、昨夜は本当に嬉しかったの。ありがとう」

僕が調理台の上に置いたエコバッグの中身を取り出しながら、沖守さんはいい感じに歳月の刻まれた頰《ほお》をうっすら上気させて微笑《ほほえ》んだ。

「僕たちも、ご家族のご相伴《しょうばん》にあずかれて、凄《すご》く嬉しかったです。猫は帰り道、厚かましく『来年もあれがいいですね！』って言ってましたよ。でも、僕も同感です」

僕はさりげなくエコバッグから荷物を出す係を交代した。

今日買ってきたのは、店で使う食材ではなく、沖守さんがプライベートで必要とするものばかりなので、収納は彼女に任せたほうがいいと思ったからだ。

「スーパーの宅配はとても便利でありがたいんだけど、品物を目で見て選《よ》りすぐることができないでしょう？　だから、ちょっと不満なときもあって。特に乾物はね。だから、あなたの目で選んでいただけて、今日は安心」

「えっ、それはどうかな……。できるだけ、いいものを選んできたつもりではいますけど」

「だったら大丈夫よ」

あっさり請け合って、沖守さんは、テキパキと品物をしかるべき場所へ収めていく。さすが、長年この台所を美しく保ってきた人らしい、無駄のない動きだ。

「そうだ、私がさっき掃いた落ち葉、大きなポリ袋に詰めておいたのだけど……」

「あとで僕が、『例のところ』に持っていきますよ」

「ありがとう、ふふ、『例のところ』にね」

僕たちは、それぞれの作業をしながら、小さな笑みを交わす。

秘密めかして「例のところ」と呼んでいるのは、庭の片隅に掘られた大きな穴だ。そこに落ち葉を入れ、時々水をかけておくと、勝手に腐葉土《ふようど》が出来上がる。

勿論《もちろん》、自然の仕事には時間が必要だ。完成までには一年以上かかる呑気《のんき》な話だけれど、沖守さん曰《いわ》く、「終わった命を、次の命のために使ってあげられるのは素敵なこと」なので、僕たちはせっせと落ち葉や抜いた草、剪定《せんてい》した枝などをその穴に運ぶのだ。

「昔は落ち葉は集めて焼いたものだけど、腐葉土にするのも素敵よね」

缶詰を戸棚《とだな》に並べながらの沖守さんのそんな言葉に、僕はふと、昨夜のことを思い出した。

「そうだ、昨夜、沖守さんが子供の頃は、落ち葉を集めて庭で焚《た》き火《び》をして、そこでサツマイモやジャガイモを焼いたって話をしてくれましたよね」

「ええ。昔は今ほど家が建て込んでいなくて、庭で自由に焚き火ができたから、そういう楽しみもあったってお話をしたわね。ローストポテトも美味しいけれど、ちょっと皮が焦げたジャガイモも、何もつけなくてもホクホクして美味しかった、なんて言った記憶があるわ」

「そう、それです」

僕は最後に取り出した干し椎茸《しいたけ》のパックを調理台に置き、空《から》っぽになったエコバッグを畳《たた》みながら返事をした。

「猫がその話に物凄く興味を持って、帰り道ずっと、『今は腹いっぱいですけど、焼き芋《いも》が食いたいですねぇ』って言うんですよ」

「まあ、猫さんったら。相変わらず食いしん坊ね」

「ホントに。駅前にときどき焼き芋屋さんの車は来ているんですけど、買ったら意外と高いし、かといって、うちの辺りでも焚き火は禁止ですし」

「おうちの中で作って差し上げたらいいじゃないの」

「でも、電子レンジや炊飯器《すいはんき》を使うんじゃ、ちょっと味気ないし」

「そんなものを使わなくても、オーブンはあるんでしょう？」

「あります。あ、サツマイモを濡らした新聞紙で包んで、それをアルミホイルでまた包んで、オーブンに入れて……ってやつですか？　やったことはないですけど、噂《うわさ》で聞いたことはあります」

僕がそう言うと、沖守さんは面食らったような、呆れたような、微妙な表情になった。

「そんな大層なことはなさらなくてもいいわよ」

「えっ？」

「ざっと洗ったお芋を、そのままオーブンに入れて……そうねえ、百八十度くらいかしら。予熱も何もなく放り込んで、小一時間焼けば美味しい焼き芋が出来上がりますよ」

「マジですか！」

僕は思わず、大きめの声を出してしまった。濡れ新聞紙はともかく、アルミホイルは不可欠だと固く信じていたからだ。

「お芋、カラッカラになったりしませんか？」

「オーブンごときでカラッカラになるのなら、焚き火ではもっと乾いてしまうと思わない？」

「あ……言われてみれば」

「小さいお芋や細いお芋なら、もう少し時間は短めがいいかもしれないけれど、そのあたりの塩梅《あんばい》は、あなたならわかるでしょうし」

「なるほど。ただオーブンで焼くだけなら、できそうです。皮も香ばしく仕上がりそうだし」

「ええ。息子が食べ盛りの頃は、よくおやつに用意しておいたものよ。よそ事をしているうちに勝手に美味しく焼き上がるから、試してごらんなさい。猫さんが、喜んでくださるといいわね」

「やってみます！　猫のためっていうか、僕も興味があるので。ジャガイモも、直接オーブンに放り込んで大丈夫ですか？」

　すると沖守さんは、今度は少し考えてから答えた。

「食べ方にもよるわね。ハッセルバックポテトのように切り込みをたくさん入れてローストするなら包まないほうがいいけれど。私は、十字に深めの切り込みを入れて、塩を振ってから、アルミホイルで包んでオーブンで焼くのが好き。切り目にローズマリーを載せておくと、素敵な香りがつくわね」

「ああ、それは美味しそう。で、食べる前に切り目を軽く広げてバターですか？」

「そうそう！　小一時間かかるけど、ジャガイモは包んだほうがほくほく感があっていいように思うわ」

「じゃあ、そっちもやってみます」

「ええ、是非。美味しいお肉と一緒に召し上がるのがいいわね。ハンバーグとか、ロールキャベツとか」

　沖守さんの提案は、いつも的確で、しかも彼女の声で聞く料理名は、それだけでとても美味しそうな響きがある。

「きっと、そうします。あの、ところで」

僕は、畳み終えたエコバッグを調理台の片隅に置き、ちょっと言葉を切って息を整えた。

いきなり改まった様子を見せた僕に、沖守さんも戸棚の扉を閉め、身体《からだ》ごとこちらを向いてくれる。

「なあに?」

「ええと。昨夜、ここからの帰り道、猫と相談したことがあるんです」

だからそれは何、と言いたげに、沖守さんは首を傾《かし》げる。

いささか出過ぎたことを言おうとしていると自覚しているので、僕はたちまち緊張で手のひらがじっとり湿るのを感じつつ、勇気を振り絞《しぼ》って再び口を開いた。

「その、もしよろしかったら……本当に、過ぎたお節介《せっかい》でしかないんですけど、よろしかったら、僕らと……」

その日の夜。

「旦那《だんな》! これ、旨《うめ》ぇですよ!」

それが、沖守さん直伝の「ほったらかし式」で作った焼き芋を食べた猫の、第一声だった。

無論、文字どおり猫舌の持ち主だけに、オーブンから出したての熱々を食べることはできない猫だ。

　僕が、軍手をはめた手でオーブンから取り出し、皿に載せて卓袱台《ちゃぶだい》に出した焼き芋を、猫はあろうことか団扇《うちわ》で扇《あお》ぎまくった。

　そして、ほどよく冷ました焼き芋を大胆《だいたん》に二つ折りにすると、皮ごとむしゃむしゃ齧《かじ》り始めたのである。

「そりゃよかった」

「旦那は食わないんです？」

「僕は、今日はやめとく。昼ごはんをちょっと食べ過ぎたからね」

　猫は、両手に半分ずつの芋を持ち、わんぱくに齧りながら、キッチンで夕食を作る僕を見た。

「おっ。豪勢な昼飯だったんですか？　どこの店で？」

「店じゃないよ。沖守さんが、昨夜のご馳走《ちそう》の残りで、春巻きを作ってくれたんだ」

　ご馳走の残りと聞いた途端、猫はくりんとした目をらんらんと光らせる。

「それって、あの、旨い豚肉のことですか？」

「そう。最後に一切れだけ残ってた奴を細く刻んで、そこに付け合わせの野菜の残りも刻んで合わせて、茹《ゆ》でた春雨《はるさめ》を足して。それをクルクルッと巻いて揚《あ》げて、スイートチリソースをつけて食べるんだ」

「ほー！　そいつぁ、確かに豪勢だ。あの豚肉なら、何したって旨いでしょうよ」

焼き芋を頬張《ほおば》りつつ、猫はよだれを垂らしそうな、羨《うらや》ましそうな顔で僕を見る。思わず「食べ盛りかよ」と突っ込みを入れてから、僕は同意の返事をした。

「確かに、凄《すご》く旨かった。カリカリの脂身《あぶらみ》が、塩気がきいて、いいアクセントになっててさ」

「俺っちもそれ、食いたいですね！」

「さすがに、すぐには無理。ローストポークから始めなきゃだもん。でも、沖守さんが作ってくれた味を覚えてるうちに、ローストポーク、僕も試したいな」

猫は右手に持った芋を口に押し込むと、ジャージの胸元をポンと叩いてみせた。

「じゃあ俺っちが、試食係をしてあげます。オコモリさんの味かどうか、厳し～く判定してあげますよ！」

「試食じゃなくて、ガチ食いするつもりだろ？　いいから、そろそろお芋を食べちゃえよ。夕飯ができるから」

「おっと。そいつはいけませんね」

そう言ってピョンと立ち上がった猫は、左手に持った芋を齧りながらキッチンにやってきた。

「今夜は何です？　でっけぇ唐揚げ？」

僕は、揚げ鍋《なべ》から菜箸《さいばし》でバットに鶏肉を取り出しながら答えた。

「唐揚げっていうか、油淋鶏《ユーリンチー》だよ」

「ゆーりん……？」

「油淋鶏。鶏もも肉に片栗粉《かたくりこ》をはたいて揚げたのが、これ。今から一口大に切って、ちょっと酸《す》っぱいねぎだれをかける」

猫は喉《のど》を詰まらせもせず、もぐもぐと芋を咀嚼《そしゃく》しながら、揚げた鶏の香ばしい匂《にお》いを胸いっぱい吸い込んだ。

「そいつぁ旨そうだ」

「僕は昼の春巻きで揚げ物はもうほしくないから、これは一枚丸ごと、お前が食べていいよ。僕は、ご飯だけでいい」

「飯だけ？　白い飯だけ食うんですか、旦那？」

「さすがにそれはない。っていうか、ほら、支度《したく》して」

「へいへい」

猫はサツマイモの尻尾《しっぽ》を名残惜《なごりお》しそうに口に放り込み、ジャージのズボンで雑に手を拭くと、食器棚《しょっきだな》の引き出しを開けた。

そして、すっかり慣れた様子で、箸と箸置きを二組取り出す。

彼がこたつの上に食事のセッティングをする間に、僕は猫のために油淋鶏を仕上げ、キャベツの千切りとプチトマトを添えた。

「おー、旨そう。あ、茶碗《ちゃわん》も出さなきゃですね」

「茶碗じゃなくて、小丼《こどんぶり》があるだろ。今日はあっちを出して」

そう言いながら、僕が冷蔵庫から豆腐のパックを出すのを見て、猫はピンと来たらしい。

さすが、そこそこ長いあいだ、一緒に夕食を食べ続けてきただけはある。

「ああ、飯だけって、そういうことですか」

僕は笑って頷《うなず》いた。

「そうそう。お前もやる？」

「そりゃやりますよ。鰹節《かつおぶし》を食うチャンスを逃すわけないでしょ、俺っちが」

「確かに」

メインのおかずをパスして、あくまでも軽く食べるために僕が選んだ今夜のメニューは、「豆腐のっけご飯」だった。

その名のとおり、炊《た》きたてのご飯の上に、電子レンジで軽く水切りした絹ごし豆腐をたつぷり載せ、鰹節と油淋鶏のねぎだれに使った残りの刻み葱《ねぎ》、それにおろし生姜《しょうが》を添えて、美味《おい》しい醤油《しょうゆ》を回しかけて食べる。人によっては、いささか行儀《ぎょうぎ》が悪いと眉《まゆ》をひそめるかもしれない、料理と呼べないほど簡単なものだ。

でも、水切りしたときにほんのり温まった豆腐を箸で大胆に崩し、ご飯や薬味と絡めるようにして食べると、食べる前に想像するよりずっと旨い。

今夜は、僕はそこになめたけを足し、猫は鰹節を大増量することにした。

「それじゃ、いただきます」

「いただきまっす！」

冬の定番、こたつに食器を並べ、僕たちは差し向かいで食事を始めた。

「旦那。芋《いも》も旨かったですけど、これも旨いですよ。あーりん……」

「油淋鶏。普段は小さく切って下味をつけて、唐揚げにしちゃうからさ。たまにはそういうダイナミックなのもいいだろ？」

「いいです。たいへんいいです。丸齧りでもよかったな」

「それは、衣やらタレやらをこたつ布団にボトボト落としそうだから駄目。っていうかさ、猫」

「はい？」

「あの計画、駄目だった」

僕がそう言うと、猫は咀嚼をいったんやめ、何ともいえない微妙な表情で僕を見た。

「何だよ?」

「いや、旦那が気の毒だなあと思って。オコモリさん、やっぱりこんなあばら屋は嫌だって言ったんでございましょ?」

「ちーがーう! 沖守さんは、そんなこと、ちょっとは思ったとしても、ハッキリ言うような人じゃないだろ」

「それもそっか。じゃあ、そういう理由じゃないんですか? だって、『あの計画が駄目』ってことは、年越し、旦那や俺っちと一緒にってお誘いを断られたんでございましょ?」

今度は、僕が微妙な顔つきになる番だ。

「うん。クリスマスにご馳走になったお礼に、大晦日《おおみそか》、よかったらうちに来て夕食を食べて、もっとよかったら、僕たちと年を越しませんかって、そうお誘いしたんだけど」

「オコモリさん、何が嫌だったんです?」

「もう先約があったんだよ。旅行に行くんだって、年末年始」

「ほええ!」

さすがに驚く猫に、僕は、昼間のことを語って聞かせた。

「そんなに嬉しいお誘いをいただけるなんて思ってなかったわ。ありがとう、坂井さん。猫さんにもお礼をよくお伝えしてね。でも、駄目なのよ。私、先約が……冒険のお約束があってね」

茶目っ気たっぷりの口ぶりで、沖守さんは本当に残念そうにそう言った。訝《いぶか》る僕に、彼女はこう説明してくれた。

「この歳《とし》になると、中学や高校の同級生もずいぶん減ってしまって、寂しい限りなの。それで、数少ない女友達のひとりと、温泉旅行に行くことにしたのよ。ゆったり温泉に浸かって、美味しいお料理をいただいて、独り身どうし、一緒に年を越しましょうって。半年がかりで、準備してきたわ」

僕はそれを聞いて、ハッとした。

「もしかして、夏に検査入院したのって……」

その推測は大当たりだったらしい。沖守さんは、ちょっと照れ臭《くさ》そうに頷いた。

「実はそうなの。主治医の先生に、旅行に行ってもいいですよってお墨付《すみつ》きをいただきたくて。でも、お互いに高齢だから、何があるかわからないでしょう？　計画が頓挫《とんざ》する確率は低くなかったものだから、あなたに前もって言わずにおいたのよ。ごめんなさい。きっと、また別の機会に誘ってちょうだい。あまりにも魅力的なお誘いだから、お断りではなく、延期でお願い」

両手を合わせて懇願《こんがん》するようにそう言ってくれた沖守さんの仕草と口調を真似《まね》てみせると、猫はへへっと笑って、鼻の下を擦った。

「そうこなくっちゃ。延期ね、延期。そうですよね。旦那《だんな》と俺っちがもてなすのに、お断りはありえねえ」

「自信過剰《かじょう》だな！　いやでも、そう言ってくれて嬉しかったし、沖守さんが友達と楽しく年を越すなら、安心だよね。きっと、いい旅館に泊まるんだろうな」

僕がそう言うと、猫は今度は豆腐のっけご飯をスプーンで豪快に混ぜながら盛んに首を縦に振った。

「アレでしょ、旅館ってとこは、こーんなでっかい船に刺身を溢《あふ》れんばかりに盛りつけて出してくれるんでございましょ？　こないだ、お社《やしろ》の近所の年寄りんちへ遊びに寄ったとき、テレビで見ましたよ。俺っち、憧れますねえ。生魚食い放題！」

僕は呆《あき》れてその想像を否定した。

「いや、それは海辺の民宿とかのご馳走《ちそう》で、沖守さんが泊まるような温泉旅館は、刺身のボリュームは控えめなんじゃないかな」

「えっ？　そうなんです？」

「だって、たぶん懐石料理とかだからさ。他にも色々出ると思うんだよ。刺身の段階でお腹がいっぱいになったら困るだろ」

「なーんだ。じゃあ、俺っちと行くときは、その……海辺の民宿？　よくわかんねえですけど、そこでいいですよ」

猫はそんなことを言って、ペロリと舌なめずりした。僕はますます呆れてしまう。

「なんで、僕とお前が一緒に旅行に行く前提なんだよ！　っていうか、そういうのはアリなの？　前に、猪田さんが宮司《ぐうじ》になったから、そんなに神社に張り付いてなくていいとは言ってたけどさ」

すると、猫は澄ました顔でこう答えた。

「だって、神さんから言いつかった俺っちの仕事は、旦那の『飯友』でございますからねえ。旦那と一緒に飯を食うなら、いつでもどこでも仕事の内ってことで。きっと、神さんもいいって言うんじゃないですかね。旦那、毎月きちきちお賽銭《さいせん》も納めてるし」

「つまり僕、ちょっとは、ご祭神《さいじん》の信頼を得られたのかな」

「今後も神さんへの感謝を忘れなきゃ、たぶんね。あ、旦那、もうちょっと鰹節《かつおぶし》を」

「まだ載せるの？　豆腐のっけご飯っていうより、鰹節メインじゃないか」

「猫には鰹節。古来よりのお約束でございましょ？　まあ最近は、猫にも健康的な飯を、みたいな流れですけどねえ。昼間によその家を巡回すると、どこでも似たようなカリカリが出てきやがりますよ。まあ、食いますけどね。あれはあれで乙《おつ》なもんなんで」

僕が差し出した鰹節のパックを開け、気前よく小丼にフワフワの鰹節を追加しながら、猫はいかにも不満げにそんなことを言う。しぶしぶカリカリを食べる猫の姿の彼を想像して、僕はちょっと笑った。

「猫にカリカリを出すのは普通だろ。大昔みたいに、いわゆる猫まんまみたいなのを出す人、今はそうそういないんじゃない？　みんな、猫の健康に気を遣ってくれてるんだよ」

「そうなんですかねえ。飯に鰹節、旨《うま》いのになあ。ま、こうして人間の姿になったときは、何でも食えるんでありがたいですけどね」

「それは、ご飯を作る僕にとってもありがたいよ。それに、猫がこうして来てくれるようになってから、僕自身の食生活も、凄《すご》くちゃんとした。やっぱり、誰かに食べさせるって思うと、それなりにバランスのとれた健康的な料理を作ろうと思うから」

僕がしみじみそう言うと、猫は意外そうに眉《まゆ》をひょいと上げた。

「へえ。旦那ひとりだったら？」

「それこそ、豆腐かけご飯だけとか、レトルトカレーとか、疲れてたらお菓子でいいやとか……。ひとりで夕飯を食べてた頃は、よくそんな日があったよ」

「へええ！　じゃあ俺っち、旦那を健康にしてるってことですか」

「そういうことになるかな」

　素直に認めた途端、猫は偉そうに胸をぐんと張った。

「じゃあ、感謝の印に、海辺の民宿で刺身てんこ盛り接待なんてどうです？」

「接待なんて言葉を使いこなす猫、世界にお前ひとり……いや、一匹だろうな。いや、でも……うん。ご祭神が許してくださるなら、それもいいかも。近場で、刺身の舟盛りだけじゃなくて、魚料理が旨い宿、探してみようかな」

「やったー！　神さんのお許しは、俺が頼み込んで貰《もら》いますよ！　だから、旦那は必死でそういう宿、探してくださいよ。腹いっぱい旨い魚を食って……」

「温泉に入る？」

「あ、いや、それは俺っちお断りですから、旦那がひとりでどうぞ。そうじゃなくて、宿に泊まると、人間は枕を投げるって聞いてますよ」

　猫がときおり披露するわけのわからない知識に、僕は盛大に笑い出してしまった。

「なんで、それが人間のユニバーサル行事みたいになってるんだよ！　枕投げは、修学旅行限定の定番だろ」

の？」

「学校の最終学年になったときに、みんなで行く旅行のこと。確かに、大人数が一部屋で寝るときは枕投げをして遊んだけど、今の子供はどうなのかなあ。猫は枕投げ、やりたい

「シューガク旅行？」

そう訊ねてみると、猫は爪の長い手をヒラヒラさせてみせた。

「や、せっかくこの姿になると、前脚であれこれ摑《つか》めるもんで、面白くて。枕を摑んで投げるってのも、楽しそうだなと思いますよ」

そう言われて、僕も何となく感慨《かんがい》深く、自分の手のひらを見下ろす。

「人間の姿のときは、手って言ったほうがいいと思う。そうか、確かに猫の手は可愛《かわい》いけど、ものは摑めないもんな。そういう楽しみもあるのか」

「そうそう。だから旦那、海辺の民宿を」

「わかった！　真剣に検討《けんとう》してみる。……何だか、嬉しいな。猫とそんな風に、先のことを約束できるのは。ちゃんと守れるように、頑張るよ」

僕としては気合いを入れた言葉だったのに、猫は、不思議そうに首を捻《ひね》った。

「先の約束なんて、気軽にすりゃいいじゃないですか。誰だって、いつどこでどうなるか、わかったもんじゃねえんだし。その約束が守れる守れないは、運ってとこもあるんじ

や？」

「身も蓋《ふた》もないな！」

「だって、オコモリさんもそんなことを言ってたんでございましょ？」

「そうだけど。……ああ、うん。そうだよな。沖守さん、友達と旅行の約束をしたから、半年がかりで準備してきたって言ってた。約束することで目標が近い将来にできて、それを実現するために努力できるってこと、あるよね。たとえ、何があるかわからなくても、頑張ろうって」

「あるある。ありますとも」

猫はやけに熱心に同意してから、こう付け加えた。

「そういうことなんで、俺っち、旦那を頑張らせてあげますから！　俺っちに旨いものを食わせる約束なら、じゃんじゃんするといいですよ」

清々しいまでの上から目線だけれど、相手が猫だと、もはや腹は立たない。むしろ、くすぐったくて、嬉しい気持ちが胸に満ちてくる。

「じゃあ、猫も、僕に約束をしていいよ？」

そう言ってみると、猫は偉そうに言い返してきた。

「嫌ですねえ、旦那。俺っちはさっきもう、約束してあげたじゃありませんか」

「はい？　したっけ？」

「しましたよ。これからも、旦那と旨い飯を食ってあげますよって」

「確かにそういう話の流れだったけど、約束だったの、それ？」

「約束ですって。さしあたっては大晦日《おおみそか》と正月、オコモリさんに振られて傷心の旦那に付き合って、どんなご馳走《ちそう》でもどーんと受け止める覚悟ですよ！　さあ、俺っちが約束してあげたので、大喜びで頑張ってください、旦那！」

「何だかなあ……」

わざと気乗りしない様子で首を捻ってみせつつも、やはり、嬉しくて胸が躍る。

沖守さんを招待し損ねたのは残念だけれど、猫がいるなら、腕の揮《ふる》い甲斐《がい》も、財布の紐の緩《ゆる》め甲斐もあるというものだ。

年越しのご馳走には、何を用意しようか。

きっと二人して、こたつでテレビを見ながらダラダラ飲み食いすることになるだろうから、酒の肴《さかな》になるものをたくさん用意しようか。

そうだ、猫が切望している刺身の舟盛り……はさすがに無理だけれど、ちょっと豪華な盛り合わせくらいは用意してやってもいいかもしれない。

年越し蕎麦《そば》と雑煮《ぞうに》はマストだし、なんなら、おせち料理を初めて買ってみてもいい。

にらみ鯛《だい》を用意してやったら、猫はきっと目を輝かせて、にらむ間もなく箸《はし》、いやフォークをつけてしまうに違いない。

そんなことを考えるだけで、楽しくて仕方がない。

なるほど、小さな他愛《たわい》ない約束ひとつで、思いは自由に羽ばたいていく。身体《からだ》と心にジワジワと力が満ちてくる。

誰かと交わす約束は、こんなにも素敵なものなのか、と、今さらながらに僕は知った。

「猫」

呼びかけると、猫は油淋鶏《ユーリンチー》の最後の一切れを口に放り込み、「ふぁい？」と間の抜けた返事をする。

「僕に約束させてくれてありがとうな。でもって、僕に約束もしてくれて、そっちもありがとう」

すると、しばらく黙ってもぐもぐしていた猫は、顰《しか》めっ面《つら》で肩を竦《すく》めた。

猫のやつ、ストレートすぎる僕の感謝に、咄嗟《とっさ》に茶化して返す言葉を思いつけなかったらしい。

照れているのかとからかってやろうと思ったそのとき、猫はそろそろと卓上の鰹節《かつおぶし》のパックに手を伸ばす。

「こら！　いくら何でも鰹節を食べ過ぎ」

僕がペチリと猫の手を叩くと、猫は大袈裟《おおげさ》に手の甲をさすりながら文句を言った。

「えええー。感謝を形にさせてあげようと思ったんですがね」

「鰹節以外の手段で頼むよ」

そんな他愛ないやり取りですら、年末年始を共に過ごすという約束へと続く小さなイベントのひとつになる。

これからもきっと、僕たちは小さな約束を一つずつ積み重ね、時間と経験を共有しながら日々を過ごすのだろう。

別れのときは、きっと来る。でも、それまでは約束をしたり、守ったり、破ったりして、思い出を増やしながら生きていくのだ。

そのことを、僕がどれほど嬉しく思っているか。

できたら、猫も少しくらいは、僕と同じ喜びを感じていてくれますように。

僕は、鰹節のパックをキッチンへ戻すべく席を立ち、ありがとな、ともう一度、今度は心の中で猫に告げたのだった……。

※この作品はフィクションです。実在の人物・団体・事件などにはいっさい関係ありません。

集英社オレンジ文庫をお買い上げいただき、ありがとうございます。
ご意見・ご感想をお待ちしております。

● あて先
〒101-8050　東京都千代田区一ツ橋2-5-10
集英社オレンジ文庫編集部 気付
椹野道流先生

ハケン飯友

僕と猫の、食べて喋って笑う日々

集英社
オレンジ文庫

2021年11月24日　第1刷発行

著　者　椹野道流
発行者　北畠輝幸
発行所　株式会社集英社
〒101-8050東京都千代田区一ツ橋2-5-10
電話【編集部】03-3230-6352
【読者係】03-3230-6080
【販売部】03-3230-6393（書店専用）
印刷所　大日本印刷株式会社

ISBN 978-4-08-680420-2 C0193

椹野道流
時をかける眼鏡
(シリーズ)

①医学生と、王の死の謎
古《いにしえ》の世界にタイムスリップした医学生の遊馬は、父王殺しの容疑がかかる皇太子を救えるか!?

②新王と謎の暗殺者
新王の即位式に出席した遊馬。だが招待客である外国の要人が何者かに殺される事件が起き!?

③眼鏡の帰還と姫王子の結婚
男である姫王子に、素性を知ったうえで大国から結婚話が舞い込んだ。回避する手立ては…?

④王の覚悟と女神の狗《いぬ》
女神の怒りの化身が城下に出現し、人々を殺すという事件が。現代医学で突き止めた犯人は…。

⑤華燭の典と妖精の涙
要人たちを招待した舞踏会で大国の怒りに触れた。謝罪に伝説の宝物を差し出すよう言われ!?

⑥王の決意と家臣の初恋
姫王子の結婚式が盛大に行われた。しかしその夜、大国の使節が殺害される事件が起きて…?

⑦兄弟と運命の杯
巨大な嵐で国に甚大な被害が。さらに、壊れた城壁からかつての宰相のミイラが発見される!?

⑧魔術師の金言と眼鏡の決意
嵐の被害からの復興が課題となる中、遊馬は国王に労働力確保や資金調達のために進言して…。

好評発売中

【電子書籍版も配信中　詳しくはこちら→http://ebooks.shueisha.co.jp/orange/】